빼앗긴
오월

빼앗긴 오월

장우 장편소설

사□계절

차례

1
느림보 우리 형

아버지는 집에서 키우는 돼지를 사다가 도시에 있는 도축장으로 보내는 일을 한다. 사람들은 그런 아버지를 돼지 장수라고 부른다. 하지만 나는 그렇게 생각하지 않는다.

나는 아버지를 상업하는 분, 유통업 하는 분이라고 생각한다. 그래야 내 마음이 조금이나마 가벼워지기 때문이다.

아버지는 아주 먼 동네까지 돼지를 사러 다녔다. 돼지를 팔려는 사람들이 들로 일하러 나가기 전에 만나야 해서 캄캄한 새벽에 집을 나갈 때가 많았다. 그래서 우리 가족은 아버지가 나가는 시간에 맞춰 아침을 먹어야 했다.

나는 그게 늘 불만이었고, 지금도 불만이다.

학교 갈 때까지 시간이 많이 남았는데도 아버지 때문에 새벽잠을 포기해야 한다는 게 억울했다. 그렇지만 불만스러운 내색은 이제 하지 않는다. 딱 한 번 투덜댔다가 엄마에게 된통 혼난 기억이 아직도 생생하기 때문이다.

"흐미, 어둠을 막 집어 묵었등마, 배 속이 다 까매져 붓네."

이랬을 뿐인데, 엄마는 손에 들린 냄비 뚜껑으로 내 등짝을 내리쳤다.

"머시여! 니 깨우느라 가뭄에 콩밭처럼 바싹 말라 분 내 입천장은 어칙할 텨!"

뜨아!

눈물이 찔끔 날 만큼 등이 따끔거렸다. 정신도 번쩍 들었다.

'아차!' 싶어서 나는 입을 꾹 다물고 밥 먹는 데만 집중했다. 그래야 엄마가 화를 조금이라도 누그러뜨릴 테고, 계속 이어질지도 모르는 엄마의 잔소리를 잠재울 수 있을 테니까.

아버지는 밥을 먹자마자 바로 짐자전거를 끌고 집을 나서곤 했다. 그런데 갈아입는 옷이 매번 꾀죄죄했다. 어차피 돼지와 씨름해야 하는 아버지 일이 오물을 묻힐 수밖에 없다고는 하지만, 일부러 그런 옷을 골라 입고 일터로 나가는 것도 내 불만 가운데 하나다.

아버지가 나가고 나면 엄마도 밭으로 나갔다. 엄마는 머리에 흰 수건을 쓰고 호미와 낫을 챙겨 넣은 소쿠리를 들었다. 우리는 그때까지 일이 있든 없든 마당이나 마루에서 기다렸다가 잘 다녀오시라는 인사를 한다. 그런 다음 순화는 상을 치우고 설거지를 하고, 준영이 형은 앉은뱅이책상에 앉아 공

8

부를 한다. 그러나 설거지도 공부도 하지 않는 나는 다시 잠자리에 들어 부족한 잠을 채운다. 나는 그 시간이 참 행복하다. 잠도 꿀맛 같고, 밥이 소화되는 시간이라 방귀도 기분 좋게 뀔 수 있다. 물론 준영이 형에게 싫은 소리를 듣는 것은 감수해야 한다.

"에잇, 드런 놈아! 방구 좀 엥가이 끼! 코가 썩는다, 썩어."

그러면 나는 엉덩이만 옆으로 슬쩍 돌릴 뿐, 대꾸 따위는 하지 않는다. 잠자기도 바쁜데 그쯤이야 여름밤 풀벌레 소리 정도로 받아 줘야지.

그런데 꼭 그때 달콤한 잠을 방해하는 또 하나의 훼방꾼이 있다. 바로 마을 음지 쪽에서 할머니와 단둘이 사는 장판구 형이다. 판구 형의 할머니는 점을 쳐 주고 굿을 해 주는 일을 했다. 그래서 사람들은 '당골래'라고 했고 아이들은 '당골할매'라고 했다. 판구 형의 부모님은 오래전에 돌아가셨다. 그래서 마을 사람들은 판구 형을 불쌍하게 여겼다. 그렇다 해도 내 귀한 아침잠을 훼방 놓는 건 큰 잘못이다.

"부릉, 부르릉, 부릉부릉, 빠바방 방 빠방 빵빵, 부웅 웽, 웽웽."

판구 형은 교복을 입고 운동화를 신고 손잡이용으로 된 가방끈을 어깨에 걸어 가방을 등 뒤로 넘긴 다음, 자기네 마당에서 입으로 자동차 시동 거는 흉내를 낸다. 그때 취하는 자세도 보통 사람들이 상상하는 것 이상이다. 엉덩이를 뒤로 쑥

빼고 한쪽 팔꿈치로는 등 뒤의 책가방이 움직이지 않게 꽉 누르고 모자는 챙을 뒤로 돌려 썼다.

이때는 고개를 오른쪽 왼쪽으로 돌려 가면서, 입에서 내는 소리와 발을 맞춰 움직인다. 그러다 엔진 소리가 최고조에 다다랐다 싶으면 달리기 시작해 우리 집 앞까지 내달린다.

"웨엥, 웽웽, 끼익! 빠방."

흥을 돋우며 내달린 판구 형이 우리 집 앞에서 멈췄다. 이때도 판구 형의 자세는 보통 이상한 게 아니다. 한쪽 발을 앞으로 쭉 빼서 '끼익!' 하고 급정거를 하는 것이다. 그 자세가 하도 기묘해서 나도 한번 따라 했다가 하마터면 엉덩방아를 크게 찧을 뻔했다.

여기서 잠깐 판구 형과 준영이 형 이야기를 하자면, 그들은 중3이다.

준영이 형은 공부는 무척 잘하지만 동작이 느려 터졌다. 그래서 나는 준영이 형을 '느림보'라고 한다.

판구 형은 공부와 담 쌓은 지 오래되었다. 자기 말마따나 학교는 폼으로 다니는 거나 마찬가지였다. 그래서인지는 모르지만, 아무튼 혼자 어디를 다닐 때는 꼭 입으로 자동차 소리를 내며 뛰었다. 그 나이에 그러는 것은 볼썽사납다.

어디, 첫새벽부터 온 마을을 이상한 소리로 시끄럽게 한단 말인가. 옛날 같았으면 멍석말이를 당해도 하소연 못할 일 아닌가.

그런데 우리 마을 사람들은 아무도 판구 형을 못마땅하게 여기지 않았다. 물론 잘한다고 응원하는 사람도 없다. 내가 준영이 형의 잔소리를 풀벌레 울음소리 취급하듯, 마을 사람들은 판구 형의 그 방정맞은 자동차 소리를 풀벌레 소리쯤으로 여기는지도 모르겠다.

자동차 소리를 멈춘 판구 형, 되게 조심스럽게 행동한다. 살금살금 우리 집 사립을 들어서며 마당을 두리번거린다. 우리 아버지가 있나 없나 살피는 거다. 그러면 순화가 기꺼이 맞이해 준다.

"언능 오소, 구 오빠. 아부지 엄마 없응께."

"이, 이쁜 순화 잘 지냈겄재?"

"겁나게 잘 지냈지라. 근디 오늘은 구 오빠 뭔 차 타고 왔능가?"

"이이, 그거 어지께 새로 산 찝차. 엔진 소리 기똥차재?"

"뭔 말이 그리 쉽당가. 나가 듣기엔 영 엉망이등만. 꼭 울 아부지 돼지 실은 짐차 같았당께."

"워매 그래 불든? 논 팔아서 산 것인디."

정말 들어 줄 수가 없다.

중3인 판구 형이나 겨우 초등학교 3학년인 순화나 어째 그렇게 말하는 본새가 수준 이하인지, 누구처럼 귀라도 씻어야 할 것 같았다.

"하여튼 구 오빠는 사람이 물러서 탈이랑께. 어쩌자고 그런

똥차를 논까정 팔아서 샀능가. 돈 아까워 어쩐당가."

"어쩔 것이냐, 한번 그래 돼 분걸. 잊어부러야재. 그래도 이득 본 사람이 생깄응께, 그 사람은 행복하지 않겄냐. 그람 된 것이재."

"하이고, 성인군자 나셨네. 욕심이 그리 없으 갖고 어쩔라 긍가. 구 오빠 그게 탈이랑께, 탈이여."

"안 그래야. 나도 욕심 챙길 땐 챙겨야."

"진짜, 그럴 때가 있능가?"

"그란당께."

으으, 지겨운 사람들. 내 아침잠을 다 망쳐 버린 두 사람이 정말 밉다, 미워. 확 뛰쳐나가서 두 사람 다 쫓아냈으면 좋겠지만, 내가 판구 형을 이기지 못하니 그럴 자신도 없다. 속만 끓는다.

나는 이도 저도 할 수 없어 준영이 형에게 도움을 청했다.

"성이 좀 조용 잔 하라고 하소."

물론 누워서 눈을 감은 채다.

준영이 형은 히이, 웃음소리를 내며 크게 숨을 내쉬고는 내 말을 받았다.

"정겹잖냐."

"으이그, 내가 말을 말아야재."

셋이 한통속인 건 오래된 사실인데, 내가 깜빡했다.

느림보가 일어선다. 책가방을 꼼꼼하게도 챙긴 느림보, 구

부정하니 방을 나간다. 그 모습이 꺼벙해 보여서 이 동생, 몹시 답답하다.

마루 밑에 넣어 둔 느림보 신발은 순화가 꺼내 준다. 우리 순화 참 바쁘다. 조막만 한 손으로 설거지하랴, 판구 형 말동무하랴, 준영이 형 신발까지 챙겨 주랴. 엄마 말이 순화가 우리 집 살림꾼이라곤 하지만, 아직 어린데 설거지까지 시키는 건 좀 심하다. 느림보 신발 따위는 굳이 챙겨 주지 않아도 되는데, 순화 저가 좋아 하는 일이니 내가 나서서 왈가왈부하기도 뭣하다. 안타까워도 마음속에 담아 놓고 말 일이다.

"느그들 학교 늦지 마라."

준영이 형의 말은 완전히 명령조다. 순화가 신발을 꺼내 바치니까 자기가 왕이라도 되는 줄 아나 보다.

"하앙, 절대로 그런 일은 없을 텡게 큰오빠 아무 걱정 마소. 짝은오빠는 나가 꼭 챙길 건게. 긍께 우리 걱정은 말고 큰오빠는 오늘도 꼭 일등 하고 오소, 이?"

진짜, 내 동생이긴 하지만 순화도 연구 대상이다. 나를 챙기겠다니. 게다가 느림보에게 오늘도 일등 하고 오라니. 시험을 맨날 보는 것도 아닌데. 어디서 그런 생각이 나오는 건지 참 알 수 없는 일이다. 아무리 이해하려 해도 나로선 도무지 이해가 안 된다. 뭔가 부족한 사람들이 사는 세상에 똑똑한 내가 잘못 낀 것은 아닌지, 의문스러운 점이 한두 가지가 아니다.

'그라믄 나가 얼른 여기서 벗어나야 하는 거 아닐까?'

잠은 더 자야겠고, 참 곤혹스럽다.

'에라, 모르겠다.'

나는 이불을 머리끝까지 덮어 버렸다. 숨 쉬는 건 답답해도 그 편이 낫다.

"이이, 준영이는 오늘도 일등인께, 닌 걱정 붙들어 매 부러라. 나가 옆에 꽉 붙어 있잖냐. 껌 딱지맹키롬. 그라믄 우린 간다잉."

역시 허풍쟁이 판구 형답다.

형들은 교복 차림일 때가 그래도 봐 줄 만하다. 검은색이어서 수수해 보이고, 옷깃 앞에 호크 채우고 금색 단추와 학교, 학년 배지까지 번들거리니까 은근히 과묵해 보여서 어른처럼 느껴질 때도 있다. 다만 여드름 공장이 따로 없는 두 형의 얼굴은 진짜 꽝이다.

"큰오빠, 진짜 멋져 분당게."

순화는 눈에 콩깍지가 열두 겹은 더 끼었나 보다. 여드름 공장이 멋지다니, 참 난감한 일이다. 그런데 달리 생각하면 순화의 말 속에는 나를 꿰뚫어 보는 뭐가 들어 있는 것 같기도 하다. 그러니까 멋없는 작은오빠는 그만 자고 일어나소, 이런 암시 말이다.

그래도 내가 못 들은 체하자 순화는 역시 대나무 빗자루로 토방(방에 들어가는 문 앞에 조금 높이 다진 흙바닥)을 빡빡 쓸어 낸다. 그러다 무슨 벌레 잡는 흉내를 내며 툭툭 내리친다. 몹시 화가 났다는 뜻이다. 그때부터 나는 속으로 하나, 두울, 셋을 센다. 그리고 벌떡 일어나는 순간, 내 예상은 딱 들어맞는다.

"짝은오빠! 또 잔가? 퍼떡 일어나소. 학교 가기 전에 닭 모시 줘야 쓸 거 아닌가!"

이만하면 내 예지력, 꽤 쓸 만하다.

남들은 어떻게 생각할지 모르지만, 나는 나 김준호를 믿기 때문에 내 예지력도 믿는다. 내 예지력에 따르면, 나는 이 나라 대통령이 될 인물이다. 당연하다. 그런데 왜 사람들은 나를 몰라보는지 답답할 따름이다. 그래도 나는 기분이 좋다. 대통령 김준호라니, 멋지지 않은가.

나는 이 나라 대통령답게 이불을 걷어차고 일어났다. 절도 있게 방문도 뻥 걷어찼다. 정신도 바짝 차렸다. 발길질 잘못해서 문살 하나라도 박살 나면 이 나라 대통령 체면이 말이 아니기 때문이다. 기분이 좋을 때일수록 행동을 더욱 조심해야 한다는 걸, 나는 여러 번의 경험을 통해 터득했다.

"아따, 짝은오빠 안 잤는 갑네. 별일이랑께."

동생한테 이런 말까지 들어야 하다니, 좋았던 기분이 살짝 상한다. 이래서 오빠 노릇 하기가 쉽지 않다고들 하나 보다.

나는 토방으로 내려섰다. 순화는 대나무 빗자루를 감나무에 기대 놓고 양손을 탁탁 쳐서 먼지를 턴다.

우리 집에 딱 한 그루뿐인 감나무는 땡감나무다. 내 불만의

세 번째쯤 된다. 키만 멀쩡하게 컸지, 우리 집에서 가장 쓸모가 없기 때문이다. 해거리로 올해는 감도 몇 개 열리지 않았다. 그러니 빗자루 받침대 역할이 고작인 감나무다.

우리 집은 그 땡감나무를 기준으로 남쪽에 헛간과 창고를 겸한 아래채가 있고, 북쪽에 장독대가 있으며, 뒤꼍에 닭장이 있다.

나는 헛간으로 가서 깨진 바가지에다 등겨와 싸라기가 섞인 닭 모이를 담아 닭장으로 갔다. 닭장에는 암탉이 다섯 마리에 수탉이 한 마리 있다. 수탉은 유별나게 시뻘건 벼슬이 왼쪽으로 처져 있다. 벼슬은 꼭 맨드라미 꽃잎 같다. 그래서 한번 만져 보고 싶었지만, 수탉 성깔이 보통이 아니어서 진작에 포기했다. 어느 정도냐 하면, 건드리지 않았는데도 벼락같이 달려들어 엉덩이를 쪼는 일이 자주 있다. 비겁하게시리 달걀을 꺼내느라 방심한 순간에 공격한다. 그러니 기분 좋을 때 행동을 조심해야 하는 것과 닭장에서 수탉을 방심하지 말아야 하는 것은 만고의 진리라고 할 수 있다.

2
등교

　우리 마을은 50여 가구가 모여 사는 자그마한 동네다. 마을은 산을 등지고 동쪽을 향해 계단식으로 이루어졌다. 마을 앞으로 들판이 펼쳐져 있고 들판 사이로는 냇물이 흐른다. 여름이면 그 냇물에서 아이들이 멱을 감고 빨래도 한다.

　우리 집은 마을 맨 꼭대기에 있고, 뒷산과 맞닿아 있다. 그래서 밤에는 조금 무섭다. 특히 밤에 변소 가기가 크게 곤혹스럽다. 마루에 요강이 있긴 하지만, 거기에 대변을 본다는 건 많이 민망하기 때문이다.

　나는 학교 갈 때면 우리 집 아래쪽에 있는 원광이 집에 꼭 들른다. 원광이는 내 친구이자 우리 일가로, 나보다 항렬이 높아서 촌수로는 당숙에 해당한다. 그래서 내가 불리할 때가 많다.

"당숙헌티 함부로 하믄 쓰간디. 원광이가 잘못했다손 치더라도 당숙은 당숙인디."

내가 어쩌다 원광이와 다투기라도 하면 어른들은 대개 그렇게 말했다. 그럴 때마다 나는 원광이보다 아랫사람이라는 느낌을 받는다.

원광이네는 우리 마을에서 전답이 가장 많고 일하는 황소도 세 마리나 있다. 그만큼 부자고, 또 그만큼 일손이 부족했다. 그 부족한 일손의 일부를 원광이가 감당해야 했다.

그래서 원광이 아버지인 한천 한애(할아버지)는 원광이가 학교에 다니는 걸 달가워하지 않았다. 모름지기 사람은 많이 배워야 출세한다는 우리 아버지와 달리, 그깟 공부 해 봤자 아무짝에도 쓸모 없다는 게 한천 한애의 생각이었다. 공부할 시간에 일을 더 해서 쌀 한 톨이라도 소출을 늘리는 게 잘사는 길이라고 했다. 그런 탓에 원광이는 학교 갈 때마다 한천 한애의 눈치를 보느라 선뜻 집을 나서지 못했다. 그래서 내가 절대적으로 필요했다.

"워언과앙아, 학교 가자."

나는 그때마다 목소리를 높여 불렀다. 그래야 한천 한애가 알아들을 수 있었고, 원광이도 나를 핑계 삼아 학교 갈 채비를 할 수 있었다.

내가 원광이네 사립을 들어서면 외양간 앞에서 쇠여물을 썰던 원광이는 빙긋 웃으며 자기 코를 만진다. 검불을 터는 동작이지만, 내가 보기에는 오랜 습관 같았다. 멋쩍을 때 무심코 하는 그런 습관 말이다.

한천 한애가 큼큼 헛기침을 하며 농기구를 보관하는 헛간에서 나왔다. 헛기침은 내가 못마땅하다는 뜻이다. 그럴 때 나는 얼른 고개를 꾸벅 숙인다.

"아시까? 한애."

"짝은놈 왔냐."

그래도 내 인사는 꼬박꼬박 받는데, 달가워하는 표정은 아니다. 여기서 내가 하는 인사 "아시까? 한애."는 우리 고장 사투리로 '안녕하십니까? 할아버지'라는 뜻이다. 나는 이 말을 말문이 터질 무렵부터 듣고 배운 터라 사투리인 줄을 몰랐다.

"원광아, 학교?"

내가 재촉하자 원광이는 한천 한애를 돌아봤다. 학교 가겠다는 무언의 표시다. 그런데 한천 한애의 말은 번번이 나까지 맥 빠지게 했다.

"학교는 머리 좋은 느그 성제나 댕기재, 원광이는 왜 달고 댕기냐. 보나 마나 공부가 바닥일 것인디. 농사지을 놈은 농사일을 배워야재."

"안 그래요, 한애. 원광이가 바닥 아니에요."

나도 모르게 목소리가 커졌다. 원광이가 나보다 공부를 못하는 건 사실이지만 그렇다고 바닥은 아니다. 봉호도 춘배도 원광이보다 못했고, 학교 가서 찾아보면 몇 명 더 있다.

"그건 다 썰어 놓고 가등가 해라."

한천 한애는 내 말대답이 많이 불편했던 모양이다. 원광이에게 일을 잔뜩 시키고는 빈 지게를 지고 집을 나섰다. 아마 짚단을 지고 올 것이다. 어제도 그랬으니까.

원광이와 나는 어깻숨을 푹 쉬며 허탈해했다. 좋다 말았을 때 하는 행동이다.

"진짜 너무하재, 울 아부지. 남들은 늦둥이라고 내가 호강 받는 줄 아는디, 참말 이런 천대도 없스야. 아직까징 책가방도 운동화도 안 사 주재. 친아부지 아닌갑서."

"무슨 말이 그냐?"

"니도 알잔. 다섯 살 적부터 농사일한 게 나여."

"무슨, 작대기 들고 들에 따라다니는 거이 농사일이냐."

"어쨌든 이걸 봐라. 언제 다 썰고 학교 가냐."

"나랑 하믄 되잖애."

솔직히 나도 막막했지만, 불난 집에 기름을 부을 수는 없는 노릇이라 아닌 척했다.

원광이는 볏짚을 한 움큼씩 집어 작두날에 밀어 넣었고, 나는 작두날 등을 밟고 서서 원광이가 밀어 넣은 볏짚을 잘랐다. 잘못하면 크게 다칠 수도 있는 위험한 일이지만, 원광이 성격이 워낙 차분한 데다 조심성이 있어서 다치는 경우는 없었다. 무엇보다 원광이와 나는 손발이 척척 잘 맞았다.

우리는 삐질삐질 땀을 흘리며 그 일을 마무리했다. 그리고 숨을 고를 새도 없이 등교를 서둘렀다.

그런데 바닥에 구멍 난 원광이의 검정 고무신이 그날따라 눈에 거슬렸다. 대부분의 아이들이 책가방에 운동화를 신고 다녔는데 원광이는 아직도 책보에 검정 고무신을 신고 다녔다. 그것도 구멍 난 고무신을. 나 같으면 창피해서 못 신을 것 같은데, 원광이는 그런 면에서도 무덤덤한 구석이 있었다.

어쨌거나 아무리 생각해도 한천 한애는 이해가 안 된다. 재산이 많으면 뭐하나, 사는 게 궁색한데, 언젠가 우리 엄마가 한 말이다.

아버지도 한천 한애에게 이런 말을 한 적이 있다.

"아따, 아재! 원광이 신발이 그게 뭐다요. 운동화 한 켤레 사 주재는, 돈은 다 어따 쓸라고 그라요."

그래 봤자 한천 한애는 귓등으로도 듣지 않았다. 오히려 면박을 주어 우리 아버지를 부끄럽게 했다.

"종질은 종질의 가정사나 잘 다스리소. 남 일에 감 놔라 대추 놔라 하딜 말고……."

우리 아버지뿐 아니라, 마을 사람 누구도 한천 한애의 고집을 꺾지 못했다.

나는 원광이를 데리고 우리 집으로 다시 올라갔다. 동네 아이들이 마을 어귀에서 기다릴 생각을 하면 마음이 급했지만, 원광이 고무신이 너무 마음 쓰여서 그냥 지나칠 수가 없었다.

그런 내 속도 모르고 원광이는 나를 건망증이나 있는 사람으로 취급했다.

"왜 그냐? 뭐 까먹고 왔냐?"

"하이 참, 그냥 따라오기나 혀."

나는 원광이 손을 드세게 잡아끌었다.

순화도 학교에 간 터라 우리 집은 텅 비어 있었다. 마당이고 마루고 장독대까지 깔끔하게 정리돼 있었다. 순화가 뒷정리를 야무지게 한 덕분이다.

나는 마루 밑 구석에서 느림보가 버린 헌 고무신을 작대기로 끌어냈다. 색이 조금 바래긴 했어도 찢어진 곳 하나 없는 성한 고무신이다. 느림보가 빛바래서 못 신겠다고 버렸을 때는 원광이 줘야겠다는 생각을 못했는데, 이제 보니 처음부터 원광이 주려고 챙겨 놓았던 것만 같아 마음이 뿌듯했다.

"이거 니 신어."

"이건 준영이 조카 신발인디."

원광이는 준영이 형을 일컬어 꼭 조카라는 걸 강조했다. 하긴 조카를 형이라고 부를 수는 없으니 당연했다.

"색깔 변했다고 싫디야. 중학생 되먼 가리는 것도 솔찬한갑더라. 누구헌티 잘 보일라고 그란지. 긍께 니나 신어라."

"니 신을라고 챙겨 논 거잖어."

"난 운동화 신었잖어. 글고 내 발에는 커야."

나는 멀뚱히 선 원광이 한쪽 발을 들어 준영이 형의 고무신을 신겼다. 원광이 발에는 꼭 맞았다.

"음마, 거시기한디야."

"거참, 안 거시기하당께. 내가 다 알아서 항께, 닌 신경 꺼야!"

"진짜재?"

"글탕께."

원광이는 준영이 형의 헌 고무신이 마음에 드는지 헤벌쭉 웃었다. 원광이가 마음에 들어하니까 나도 기분이 좋았다.

"야!"

"어!"

우리는 팔을 높이 들어 짝 소리 나게 손바닥을 쳤다. 축구 시합에서 골을 넣었을 때처럼 마음도 기쁨도 통했다. 원광이가 신던 고무신은 원광이네 마당으로 휙 던져 놓았다.

계단식 우리 마을은 뒷집이 앞집보다 지대가 높아 뒷집 마당에서 앞집이 훤히 내려다보였다. 한옥인 집은 소나무 기둥에 흙벽이었고 지붕은 기와이거나 슬레이트였다.

몇 해 전까지는 마을 전체가 초가지붕이었는데, 새마을 운동을 하면서 마을 길을 넓히고 지붕도 개량했다. 하지만 판구형네 집은 아직 초가지붕이다. 당골래인 판구 형 할머니가 지붕을 뜯어내면 영험함이 떨어진다며 극구 반대했기 때문이다.

마을 집들은 그리 높지 않은 돌담으로 구분되어 있다. 마을 회관만 시멘트 벽돌로 지은 양옥 건물이고 담도 벽돌담이었다. 회관은 마을 어귀인 맨 아래쪽에 있는데, 마당이 엄청 넓어서 아이들의 놀이터 구실을 톡톡히 했다.

마을 아이들은 학교 가기 전에 꼭 그 마당으로 모였다. 먼저 나온 아이들은 비석치기나 땅따먹기 같은 놀이를 하면서 다른 아이들을 기다렸다. 그렇게 아이들이 다 모이면 함께 등굣길에 오르는 게 우리 마을 전통이었다. 그래서 우리 마을 아이들은 언제나 시간 여유를 두고 마을 회관으로 모이는 편이었다.

그런데 그날은 원광이와 내가 많이 늦은 탓에 6학년 형들과 별로 안 좋은 일이 있었다. 우리가 마을 회관 마당으로 들어서자, 6학년인 병식이 형과 기빈이 형이 다짜고짜 지청구를 퍼부었다.

"어치께 느그 둘은 맨날 늦냐!"

"내년이면 느그들이 대빵이 될 것인디, 그렇게 무책임해 갖고 어디 마을 동생들 인솔이나 하겠냐."

분명히 밝히지만, 원광이와 내가 어쩌다 늦은 적은 있어도 맨날 늦지는 않았다. 그리고 지각할 만큼 늦은 것도 아닌데 병식이 형과 기빈이 형은 우리를 막무가내로 몰아세웠다. 게다가 마을 동생들이 다 보는 앞에서. 그러니 우리는 수긍하기보다 반감이 앞섰다.

그래서 나는 이렇게 말대꾸했다.

"우리도 육 학년 되면 잘할 수 있응께, 그런 말은 안 했으면 좋겠네."

24

"머시야?"

"그렇잖은가. 우리가 언제 맨날 늦었는가. 어쩌다 오늘 늦은 거재."

"쩌번에도 늦고 쩌저번에도 늦었잖어. 근데 머시야?"

병식이 형과 기빈이 형이 돌아가면서 나를 몰아붙였다.

"우리만 늦었는가. 성들은 한 번도 안 늦어 봤는가."

"누가 그런다냐."

"그믄 왜 우리한테만 그러는가?"

"느그들이 자주 늦은께 그라재. 글고 느그들은 오 학년 아니냐. 그믄 그만한 책음이 있어야 안 쓰겄냐."

"누가 그걸 모른당가. 사정이 있응께 어쩔 수 없이 늦었재."

"알았다. 알았응께 근다고 치고, 언능 학교나 가자. 이러다 참말 지각하겄다."

기빈이 형은 꼭 말문이 막히면 둘러대는 것으로 그 순간을 벗어나려고 했다. 그러자 병식이 형이 나서서 마을 아이들을 재촉했다.

"다들 빨리 뒷정리하고 학교 가자. 참말 지각할라."

그날 6학년 형들과 다툼은 찜찜한 상태로 끝이 났다. 잘잘못을 가릴 필요까지는 없었지만, 학교 가는 내내 기분이 언짢았다.

여자아이들이 무리를 지어 앞서 걸었고, 남자아이들은 그 뒤를 따라 걸었다.

원광이와 나는 맨 뒤로 빠져서 천천히 걸었다. 그러자 봉호도 슬쩍 뒤로 빠져서 우리와 나란히 갔다. 원광이와 봉호, 나, 이렇게 셋이 우리 마을 5학년 친구들이다. 우리 마을 5학년 중에 주미라는 여자아이가 있긴 하지만, 별로 친하게 지내지 않아서 아직은 친구라고 말하기가 어렵다.

전에는 학교까지 40분쯤 걸렸는데, 이제는 신작로 덕분에 20분도 안 걸렸다.

등굣길은 언제나 왁자지껄 시끄러웠다.

3
짝은놈의 일상

수업이 다 끝나고 청소 시간이다. 청소 시간은 언제나 분주하고 어수선하다. 나는 걸상을 들어 책상 위로 올려놓고 슬쩍 교실을 빠져나왔다. 이러는 나를 이상하게 본 아이들은 없다. 그래도 나는 긴장을 풀지 않고 주위를 살피며 복도를 빠르게 내달려서 운동 기구실 옆 샛길로 몸을 숨겼다.

그 샛길을 열 발짝만 벗어나면 사철나무 울타리가 나왔고, 그 울타리를 빠져나가면 냇가가 나왔다. 그 냇둑을 따라 달리면 우리 마을까지는 금방이었다.

내가 이러는 것은 그깟 청소가 하기 싫어서가 아니다. 나는 그 시간에 꼭 해야 할 일이 있었다. 아버지가 최경숙 선생님에게 미리 양해를 구했기 때문에, 굳이 선생님에게 말하지 않고 나와도 되었다.

황금물결을 자랑하던 들판은 며칠 새 황량하게 바뀌어 있었다. 가을이 그렇게 저물어 가고 있었지만, 나는 계절의 변화에 둔한 편이었다.

나는 숨이 차고 등골에 땀방울이 맺힐 정도로 온 힘을 다해서 뛰었다. 냇둑의 풀포기며 잡초 씨앗 따위가 바짓단에 얼룩을 남겼지만 신경 쓸 틈조차 없었다. 청소를 빼먹었는데도 정해진 시간보다 많이 늦었기 때문이다.

원광이네 논 가에 있는 큰 둠벙(웅덩이의 방언)을 지나자 마을이 보였다. 나는 방앗간과 마을 회관 사이로 난 길을 통해 대나무밭 아래에 있는 공터를 살폈다. 어렴풋이 순화가 보였다. 나는 마음이 더 급해져 뜀박질에 더 속도를 냈다. 순화는 골이 잔뜩 나 있을 것이다. 수업을 늦게 끝내 준 최경숙 선생님이 야속했다.

"순화야!"

나는 숨찬 목소리로 순화를 불렀다. 순화는 나를 돌아보며 대답했다.

"인자 온가, 짝은오빠."

짐작대로 골이 난 얼굴이다. 그렇지만 화를 내지는 않았다. 뜻밖이었다. 순화가 화를 내지 않으니까 마음이 더 불편했다. 그 때문에 나는 변명을 안 할 수가 없었다.

"청소를 빼묵고 왔는디도 늦어 부렀다. 선생님이 공부를 늦게 끝내 줘서. 내 심으론 어치께 할 수가 없었다."

"다 앙께 말 안 해도 쓰네. 저것들이나 잘 보소. 아이고, 보리 삶아야 쓴디 나만 죽어나게 생겼네."

"나가 많이 미안하다."

"됐네, 서둘러 봐야재."

순화는 두 팔을 좌우로 흔들며 마을 안으로 뛰어갔다. 순화의 발소리가 땅땅땅 소리를 냈다. 많이 안쓰럽다.

아버지의 짐자전거는 마을 회관 벽에 세워져 있었다. 반대쪽 대나무밭 아래에는 발목이 묶인 돼지들이 엎어져 있었다. 세 마리였다. 발목이 묶일 때 얼마나 버둥댔는지 돼지들의 숨소리가 아직도 거칠었다. 내가 조금만 일찍 왔으면 돼지들 발목이 묶이는 일은 없었을 것이다. 내가 늦는 바람에 순화도 돼지들도 안 해도 될 고생을 했다.

아버지는 오늘 재수가 좋았던 모양이다. 돼지를 세 마리나 샀으니 오늘 밤에는 돈 좀 만졌다며 좋아할 게 뻔했다. 술에 취해 들어오지만 않는다면 말이다.

나는 방앗간 쪽 댓돌에 걸터앉았다. 엉덩이가 차가웠지만 못 참을 정도는 아니었다. 황량한 들판을 바라보자니 참 많은 생각이 스쳐 갔다. 그중에서도 아버지 생각은 늘 가슴을 먹먹하게 한다.

돼지 장수인 아버지는 새벽 일찍부터 짐자전거를 타고 마을을 돌며 돼지를 샀다. 그 돼지를 짐자전거에 실어 우리 마을 앞까지 옮겨 놓으면 지키는 건 내가 했다. 그런 다음 아버지는 재 너머 사는 칠수 아재 용달차에 돼지를 싣고 나가 도축업자에게 팔았다. 아버지는 거기에서 생기는 중간 이윤을 챙겼다. 그러니까 싸게 사서 비싸게 팔수록 아버지 몫의 이윤이 많이 생겼다. 그러려면 돼지에 관한 한 박사가 되어야 했고, 당연히 우리 아버지는 돼지 박사였다.

그런데 문제는 술이었다. 아버지는 일이 끝나면 술을 자주 마셨는데, 그 술 때문에 실수를 많이 했다. 제발 아버지가 술만 마시지 않았으면, 하는 게 우리 가족 모두의 소원이었다. 이 세상에 왜 술이라는 게 있어서 우리 가족을 걱정시키는지 모르겠다. 나는 커서 꼭 대통령이 되어 술 없는 세상 만들기에 앞장설 생각이다.

대나무 이파리가 바람에 파르르 떨었다. 햇살이 들이친 대나무 이파리는 금싸라기를 뿌려 놓은 듯 반짝거렸다. 그 위로 산비둘기 두 마리가 날아들었다. 대숲이 비둘기들 보금자리인 모양이다.

얼마 지나자 원광이와 봉호가 왔다. 원광이는 자기 책보는 어깨에 걸치고 내 가방은 손에 들고 있었다. 오늘처럼 내가 먼저 학교를 나와야 하는 날이면 원광이가 내 가방을 챙겼다. 이건 원광이의 뜻이었다. 아이들 모르게 교실을 빠져나와야 하는 내 처지를 원광이가 고려해 준 것이다.

"안 심심했냐?"

얼굴 가득 장난기가 많은 봉호가 물었다.

"괜찮애. 느그들한테 미안한 거 빼면."

내가 미안한 기색을 보이자, 원광이가 내 말을 받았다.

"그런 소리 말어. 아무도 니 탓 안 항께. 닌 항상 부지런히 청소했잖어."

이럴 때 보면 당숙이 틀림없다.

나는 원광이에게서 가방을 받아 짐자전거 핸들에 걸었다. 원광이는 발로 페달을 툭툭 건드리고 손으로 안장을 탕탕 내리치면서 혼잣말처럼 중얼거렸다.

"이거를 꼭 배워 부러야 쓰겄는디."

그래서 내가 대답했다.

"먼 걱정이냐. 학교 운동장서 타면 금방 배울 건디."

그러자 봉호가 냉큼 끼어들었다.

"니 약속한 거재?"

"이이."

나는 기꺼이 웃어 보이며 약속했다. 아버지 모르게 타면 별 문제 없을 것이다.

원광이와 봉호는 몸을 흔들며 좋아했다. 마치 당장에라도 자전거를 탈 것처럼.

그러다 원광이가 걱정스럽게 말했다.

"근디 항꾸('함께'를 뜻하는 전남 방언) 못 있어 준디, 어쩌냐. 언능 가서 쇠여물 삶아야 해서."

"괜찮애. 언능 가 봐."

나는 정말 괜찮았다. 돼지 지키는 건 내가 할 일이었고, 원광이와 봉호는 다른 할 일이 있었다.

"알었어. 그라믄 우리 먼처 간다."

"언능 가랑께."

나는 아이들을 떠밀다시피 해서 마을로 들여보냈다. 원광이와 봉호는 손을 머리 위로 흔들며 마을로 들어갔다.

조금 지나 신작로에 누런 먼지가 벌 떼처럼 일더니 칠수 아재 용달차가 마을로 들어왔다. 칠수 아재 용달차는 가축을 신기 편하게끔 짐칸에다 나무 말뚝을 세워서 칸을 나눠 놓았다. 그 용달차는 낡아서 녹이 슨 데도 있었고, 엔진 소리도 무지 시끄러웠다.

용달차는 내가 있는 공터까지 들어와 멈추었다. 아버지와 칠수 아재가 내렸다. 칠수 아재는 생김새가 우락부락한 데다 구레나룻이 길어서 순화는 산적 같다고 했다.

"아시까, 아재?"

"짝은놈이 고생이 많재."

나는 여기서도 '짝은놈'이었다.

"아니어라."

칠수 아재는 자상하게 웃어 보이며 짐칸의 문을 내리고 미끄럼틀처럼 생긴 사다리를 비스듬히 걸쳤다. 아버지는 돼지 발목에 묶인 새끼줄을 푼 뒤 한 마리씩 몰아서 용달차에 실었다. 순순히 잘 따르는 돼지도 있지만, 그렇지 않은 돼지도 있어서 아버지는 진땀깨나 뺐다. 나는 아버지 일에 방해가 되지 않으려고 멀찍이 떨어져서 길목을 지켰다. 돼지 세 마리를 다 싣자 아버지와 칠수 아재는 왔던 길로 다시 떠났다. 나는 떠나는 용달차 꽁무니에다 내 바람을 담아 고개를 숙였다.

'아부지, 제발 술은 드시지 마세요.'

정말이지 오늘 밤만이라도 아버지가 술 좀 마시지 않았으면 좋겠다.

용달차는 누런 먼지를 휘날리며 신작로를 빠져나갔다. 나는 재채기가 날 것처럼 코끝이 간지러워 손등으로 문지르며 돌아섰다. 얼른 뒷정리를 끝낼 생각이었다.

그때, 용달차가 사라진 신작로에 택시가 나타났다. 나는 하던 일을 멈추고 옆으로 비켜섰다. 택시는 우리 마을로 들어오더니 용달차가 떠난 자리에서 멈추었고, 반산 할매와 주미가 내렸다.

"아시까, 할매?"

나는 반산 할매와 눈이 마주치기를 기다렸다가 인사했다.

"이이, 짝은놈이 애쓴 모양이재."

"아니어라."

반산 할매도 나를 '짝은놈'이라 불렀다. 나는 바보마냥 헤헤 웃고 말았다. 주미가 의식되었기 때문이다. 나는 왠지 주미만 보면 행동이 움츠러들었다. 그래서 되도록이면 주미하고는 눈을 마주치지 않으려고 하는데, 무심결에 눈을 마주치고 말

왔다.

그런데 통통한 주미 얼굴이 갑자기 불그죽죽하게 변했다. 나는 또 왜 그러나 싶어 얼른 고개를 돌려 버렸다.

주미가 악을 썼다.

"엄마야! 이게 뭐야!"

나는 깜짝 놀라서 주미 쪽으로 다시 눈을 돌렸다. 주미는 엉거주춤 서서 자기 발을 내려다보고 있었다.

"워매, 어쩔까이."

당황해서 바삐 움직인 건 반산 할매였다.

우리 학교에서 하나뿐인 주미의 구두가 돼지 똥을 밟아 버린 것이다. 주미가 눈을 치켜뜨며 나를 노려봤다. 파란 레이저 빛이 내 이마를 파고드는 느낌이었다.

"김준호! 너 때문이잖아!"

나는 할 말이 없었다. 그렇지만 당하고만 있기 싫어서 고개를 빳빳이 쳐들었다.

"나가 뭐얼?"

"빨리 치웠어야지."

"지금 막 치울라고 하잖애."

험악해진 우리 사이를 반산 할매가 말렸다.

"암긋도 아닌께 그만들 히라."

반산 할매는 깨진 기와 조각을 주워서 주미 구두에 묻은 돼지 똥을 긁어냈다. 주미는 잔뜩 골이 나서 할머니한테 투정을 부렸다.

"이게 뭐야! 난 몰라!"

그러고는 자기만 쌩하니 가 버렸다. 그 뒤를 반산 할매가 허겁지겁 쫓아갔다.

"아가야!"

나는 반산 할매한테 인사도 못한 채 멍하니 바라만 보았다. 주미는 정말 못된 계집애다. 자기가 잘못해 놓고 남의 탓으로 돌리려 하다니. 나는 신경질이 나서 뒤따라가 따지고 싶었지만 그러지 못하고, 돼지 똥 치우는 내내 돌멩이만 여러 개 걸어찼다. 나중에는 발가락이 아파서 또 부아가 났다.

주미는 아직도 자기가 서울 아이인 줄 착각하고 있었다. 게다가 깍쟁이 아니랄까 봐 뭐든 자기 마음대로다. 시골로 전학 왔으면 시골 아이인 게지, 언제까지 서울 아이 티를 내려는 건지. 얄미워서 더는 못 봐줄 것 같다.

정리를 끝낸 뒤 아버지의 짐자전거를 밀며 집으로 가는 동안에도 나는 기분이 풀리지 않았다. 나중에는 아버지가 원망스러웠다. 왜 하필 돼지 장수 직업을 택해서 아들 얼굴에까지 먹칠을 하는 건지, 창피하기만 했다. 돼지 똥오줌으로 얼룩진 바지에서 언제나 쾨쾨한 냄새를 풍기는 아버지, 술버릇까지 고약해서 동네 사람들한테 손가락질 받는 아버지. 내 기억 속의 아버지는 언제나 이런 모습이었다.

쇠여물을 옮기다가 나를 본 원광이가 말을 걸었다.

"지금 오냐? 주미 가시내 똥 밟았재?"

원광이는 고소하다는 표정이었다. 원광이의 그 표정을 보니 조금이나마 힘이 났다.

"말도 마라. 어찌나 해 대는지 나가 돌아 버리는 줄 알았다."

"왜 안 글겄냐. 우리가 가시내하고 싸울 수도 없잖여."

"긍께 더 환장하겄다는 거재."

"알았어, 내가 풀어 줄랑께. 저녁 묵고 뭐 하냐?"

"아부지 마중."

"아 참, 그채. 이섭이 성님이 오늘은 술을 마시지 말아야 할 것인디."

"긍께, 내 앞이 컴컴허다."

원광이는 우리 아버지를 '이섭이 성님'이라고 불렀다. 그럴 때면 원광이와 나 사이에 허물 수 없는 벽이 버티고 있는 것처럼 느껴졌다.

4
허탕 친 마중

순화는 보리쌀을 다 삶고 밥까지 지어 놓았다. 혼자서 힘들었을 텐데, 힘들다는 내색 한 번 하지 않는다. 오히려 오빠인 나를 걱정해 줄 때가 많다.

"짝은오빠, 고생했네."

"아니."

나는 짐자전거를 광 앞에다 세웠다. 아버지와 주미 때문에 머릿속이 무겁기만 하다.

"주미 언니하고 뭔 일 있었능가?"

"이이, 돼지 똥을 밟았어. 내가 막 치울라는 참에."

"알 만허네. 그래서 한바탕 해 댔겠구만. 그 성질머리가 그냥 넘어갔을 리 없재."

순화는 말끝에 피식 웃음을 터뜨렸다. 돼지 똥 밟은 주미를 상상한 것 같았다. 하긴 안절부절못하던 주미 모습이 우습긴 했다. 그런 모습 처음 봤다.

나는 자전거 핸들에 걸쳤던 가방을 풀어 작은방 안으로 밀어 넣었다. 준영이 형이랑 내가 같이 쓰는 방이다. 순화는 얼마 전까지 아버지 엄마와 함께 큰방에서 지냈는데, 지금은 작지만 자기 방이 생겼다. 아버지를 보채서 얻어 낸 결과였다.

순화는 나와 달리 얌체 같은 구석이 있다. 나는 아버지가 무섭고 어려워서 아무 부탁도 못하는데, 순화는 아버지가 기분이 좋을 때를 잘 알아내서 스스럼없이 부탁했다. 그럴 때마다 아버지는 두말없이 순화의 부탁을 들어주었다. 나도 한번 그래 보고 싶은데, 언제나 마음뿐이다.

"그래서 짝은오빠 기운이 하나도 없는 건가? 잊어불소. 주미 언니가 좀 까다로운 사람인가? 나도 항시 참는당께. 참어 부러야 속도 편하고……."

"그래서가 아녀야. 냅 둬."

나는 어른처럼 말하는 순화가 달갑지 않아서 순화의 말을 듣다 말고 닭장으로 갔다. 닭들은 벌써 홰에 올라 자려 하고 있었다. 나를 보고도 꿈쩍을 않고 눈만 멀뚱거린다. 맨날 먹이 챙겨 주는 주인도 몰라보는 바보들이다. 야속해서 정이 가지를 않는다.

나는 닭장 문단속을 하고 담 너머를 슬쩍 보았다. 반산 할매와 주미가 사는 집이다. 토방에는 고새 반산 할매가 깨끗하게 닦은 주미 구두가 비스듬히 세워져 있었다.

해가 뉘엿뉘엿 넘어갔다. 햇살이 사라진 마을에 땅거미가 드리워졌다. 땅거미가 지면 마음이 차분해지는데, 오늘은 마음이 무겁기만 했다.

밭일을 마친 엄마가 돌아왔다. 소쿠리를 머리에 이고 있었다. 순화가 뛰어나가 소쿠리를 받았다.

"엄마아!"

되게 반가워하는 말투다.

소쿠리 안에는 순화 장딴지만 한 무와 부추가 한 움큼 들어 있었다.

"이냐, 밥은 다 했냐?"

"진작에 다 했어라."

나는 그제야 엄마에게 인사했다.

"다녀오셨어요?"

"이냐, 고생 많았다. 아부진 언제 오신다든?"

엄마도 아버지 걱정부터 했다.

"암 말 없었는디요."

"니가 잔 물어보재는……."

"……."

내가 아무 대꾸도 못하자, 엄마는 한숨을 길게 내쉬었다.

"밸수 없지야."

엄마가 나를 못마땅해했다. 나는 그런 엄마가 섭섭했다. 내가 아버지한테 말도 못 꺼내는 걸 뻔히 알면서 나한테 무리한 요구를 하다니.

잠시 뒤 담 밖에서 판구 형의 입 자동차가 경적을 울렸다.

"빵빵."

우리 집 느림보 준영이 형이 왔다는 신호다. 준영이 형과 판구 형은 중학생이랍시고 헤어질 때 참 고상한 인사를 주고받았다.

"잘 가게, 친구."

"그래, 친구도 잘 들어가게."

꼭 그렇게까지 친구라는 걸 강조해야 하는 건지, 어떤 때 보면 정말 바보들 같아서 나는 절대 그러지 말아야지 결심하게 된다. 그리고 방정맞게 자동차 시동 거는 흉내를 내는 판구 형은 정말 이해가 안 되었다.

"부웅붕붕 부릉, 빠앙 빵빵."

"어이, 친구! 천천히 다녀."

그럴 때는 준영이 형의 말도 통하지 않았다.

판구 형은 책가방을 어깨에 걸치고 냅다 달렸다. 자동차 소리를 더 크게 내면서.

느림보는 그런 친구가 좋은지 얼굴 가득 웃음을 머금고 사립 안으로 들어섰다.

"어머니, 학교 다녀왔습니다."

느림보는 엄마에게 인사하는 깃도 나하고는 격이 달랐다.

'엄마'도 아니고 꼬박꼬박 '어머니'라고 했다. 나는 '어머니'라는 호칭이 거리감이 느껴져서 싫은데, 준영이 형은 그렇지 않은 모양이었다.

"심들었지야."

엄마는 준영이 형을 지나치게 반겼다. 마당으로 내려서서 준영이 형의 가방을 직접 받아 주기까지 했다.

우리 집 식구들, 대체 준영이 형한테 왜 그러는지 모르겠다. 내 생각은 눈곱만큼도 안 해 준다. 내 가방은 한 번도 받아 준 적 없으면서. 아무튼 이제는 순화도 나도 만성이 되어, 앞으로 우리 집안을 책임질 장남의 특권이라고 여기고 있다.

그런데 이럴 때 순화라도 얌전히 있으면 좋으련만, 까먹지도 않고 또 일등 타령을 했다.

"큰오빠, 오늘도 일등 했재?"

"음, 그래."

준영이 형은 순화 머리를 쓰다듬으며 당당하게 대답했다. 정말이지 남매가 쌍으로 꼴불견이었다. 나라도 정신 바짝 차려야지, 자칫 잘못하다간 우리 집 삼남매가 모두 꼴불견이 될까 염려스러웠다.

그래서 나도 할 말은 해야겠다 싶어 야무지게 한마디 했다.

"뭘 일등이여! 맨날 시험 치는 것도 아님서."

그러자 엄마가 푸하 웃음을 터뜨렸다. 나도 내 말에 웃음이 나서 큭큭 웃었다. 순간, 준영이 형과 순화는 눈을 흘기며 나를 꼬나봤다. 둘의 시선이 스치자 벌레가 지나간 것처럼 소름이 돋았다. 하지만 그런다고 겁먹을 나도 아니다. 나는 코를 후비는 척 딴청을 피우며 둘의 시선을 외면했다.

그런데 순화가 식식거리며 분을 냈다.

"왜 일등 아니당가. 한 번 일등이면 다음 시험 때까진 맨날 일등인 것이재. 짝은오빠 니가 일등을 못항께 배 아퍼서 질투하는 거재. 밴댕이 소갈머리랑께."

아무리 화가 나도 그렇지, 오빠인 나한테 막말을 하다니. 나는 참을 수 없어서 소리를 버럭 질렀다.

"뭐시여? 니 말 다 했냐!"

그때 엄마가 부엌에서 고개를 내밀었다. 나는 혼났구나 싶어 더는 소리를 지르지 못했다. 그런데 엄마는 뜻밖에도 순화를 혼냈다.

"순화 니 말뿐새가 그게 뭐여! 누가 오빠헌티 그렇게 말하래. 아무리 성질이 나도 할 말이 있고 해서는 안 될 말이 있능 것이재. 어디서 그딴 말이여! 언능 잘못했다고 빌어."

"짝은오빠가 먼처 그랑께……."

"그래도 이것이!"

엄마가 호되게 나무라는 통에 순화는 변명도 채 못하고 울상을 지었다. 나 때문에 순화만 혼났다. 나는 당황해서 이러지도 저러지도 못하고 고개를 푹 숙였다.

그러자 엄마가 나를 다독였다.

"순화 쟈가 아직 어려서 그런 거재 악의가 있어서 그런 건 아닝께, 준호 니가 이해하그라."

엄마가 다독거려서 나는 오히려 더 난처해졌다.

"안당께요."

"그람 됐고, 밥 묵자."

무거운 저녁이었다.

준영이 형은 작은방으로 들어가 옷을 갈아입고 나왔고, 순화는 엄마를 도와 상을 차렸고, 나는 처마 밑 전등을 켜고 밥상 앞에 앉았다.

우리는 밥 먹는 내내 한마디도 하지 않았다. 엄마 숨소리만 한숨처럼 간간이 들렸다.

밥을 다 먹자마자 엄마는 손전등을 챙기며 나에게 말했다.

"준호 니가 가야 쓰것다."

"알어요."

나는 시큰둥하게 대답했다. 내가 해야 할 일이라는 건 알지만, 정말 하고 싶지 않은 일이다. 엄마도 그런 내 마음을 잘 알았다.

"어쩌겄냐, 니백이 없는디."

나는 벗어 놓았던 양말을 도로 신고 윗도리도 더 껴입었다.

그때 설거지하던 순화가 고개를 내밀었다.

"짝은오빠, 엄마 잘 부탁혀."

나는 솔직히 아직 기분이 풀리지 않았는데, 순화는 그새 기분을 푼 모양이었다.

"으."

나는 짧게 대답했다.

준영이 형도 마당으로 내려서며 배웅했다.

"잘 다녀오세요, 어머니."

"이냐."

나는 형을 향해 손만 잠깐 흔들고는 엄마보다 앞서 집을 나섰다.

마을은 어둠에 잠겨 있었다. 어둠 속에서 전등 빛이 반딧불처럼 흔들거렸다. 원광이네 집만 캄캄한 밤중이었다. 전기 요금 많이 나온다는 한천 한애의 성화에 전등을 켜지 못하는 탓이다. 그러니 숙제를 하고 싶어도 할 수가 없다는 원광이의 푸념이 이해가 갔다.

"내 손바닥 불난 거이 전기 요금보다 훨씬 비싸겠다, 그채? 전기는 누가 뭐할라고 발명했능가 모르겠다이."

"쓸 데가 있응께 안 만들었겄냐. 난 술을 누가 왜 만들었능가 모르겄다. 참말로 징그럽다."

원광이와 나는 그처럼 비슷한 불만과 고민을 터놓고 지내는 사이였다.

마을을 벗어나자 신작로는 한 치 앞도 보이지 않았다. 별도 달도 구름에 가려 보이지 않았다. 엄마와 나는 나란히 걸었다. 엄마는 손전등을 자꾸만 내 앞으로 비췄다. 나는 그러는 엄마가 불편했다.

읍내에서 한 시간에 한 번씩 다니는 군내 버스는 우리 마을 까지는 들어오지 않고 학교 앞 버스 정류장에서 멈추었다. 그래서 우리 마을 사람들은 읍내 나갈 때도 읍내에서 돌아올 때도 학교 앞 정류장을 이용했다.

학교 앞에 도착한 엄마와 나는 정류장 한쪽에 놓인 평상에 앉았다. 손전등은 껐다. 엄마와 내 눈은 벌써 어둠에 익숙해져 있었다. 학교 앞에 딱 하나 있는 구멍가게에서 텔레비전 소리가 새어 나왔다. 하지만 또렷하지 않아서 알아들을 수는 없었다.

그때쯤 달과 별이 구름을 뚫고 서서히 나왔다. 하늘이라는 캔버스에 달과 별이 그림을 그려 냈다. 고요한 밤 평화로운 그림이었다.

엄마가 침묵을 깼다.

"춥지야?"

"괜찮은디요."

엄마가 그렇게 말하는 것은 엄마가 춥기 때문일 것이다. 그래서 나는 윗도리를 벗어 줄까 하다가 그냥 참았다. 아무리 몸이 꽁꽁 얼어도 어린 아들의 옷을 입을 엄마가 아니기 때문이었다.

멀리서 불빛 하나가 반짝거렸다. 여덟 시 버스였다. 그 불빛이 도깨비불처럼 흔들리며 다가왔다. 밤의 고요를 깨는 엔진 소리가 엄청 시끄러웠다. 그런데 버스는 엄마와 나를 보고도 그냥 지나쳐 갔다. 내릴 사람이 없는 것이다.

"어!"

평상에서 일어나 버스가 멈추기를 기다리던 나는 맥이 탁 풀렸다. 멀찍이 달아나는 버스의 붉은 꼬리등이 유난히도 야속했다.

"다음 버스 탈랑갑다."

나보다 더 맥이 풀렸을 텐데도 엄마는 야속한 마음을 다음이라는 기대로 달랬다. 그렇지만 엄마도 나만큼 불안해한다는 거, 나는 알았다.

"술 안 드시겠지요?"

"그라게, 요새 잠잠했응께 믿어 봐야재 안 쓰겄냐."

엄마도 나도 기도하는 심정이었다. 나는 도로 평상에 걸터앉아 무의식중에 발로 땅을 툭툭 쳤다. 마음이 불안하면 나타나는 행동이었다. 그걸 아는 엄마는 나무라지 않고 화제를 돌리려 했다.

"따분하지야?"

"안 그래요."

나는 그제야 내 의지와 다른 행동을 깨닫고는 평상에서 일어섰다. 몇 발짝 걸어서 가슴 깊이 들어차 있는 근심을 숨으로 길게 토해 냈다.

아버지는 아홉 시 버스에서도 내리지 않았다. 이쯤 되면 술을 마시고 있는 게 확실했다. 아직 열 시 막차가 남아 있긴 했지만 기대를 품는 건 무의미한 일이었다. 지금껏 겪은 일이니까, 아버지는 그런 사람이니까……. 나는 진작에 포기했다. 엄마의 한숨 소리도 점점 크고 깊어졌다.

"아부진 버스 타기 글렀어요. 그만 집에 가요."

"그라믄 못써."

엄마는 내 말을 극구 부정하려 했다.

"괜한 헛고생인께 글지요."

"그렇더라도 자식 된 도리가 그람 못써. 할 일은 해야 써. 암 소리 말고 막차까정 지다리자."

"엄마도…….'"

나는 하려던 말을 참았다. 나보다 엄마의 걱정이 열 배 넘게 크다는 걸 알기 때문이다.

텔레비전을 껐는지 이제 구멍가게도 조용했다. 조금 있자 문소리가 나면서 아주머니가 밖으로 얼굴을 내밀었다.

"어쩔까이, 난 그만 자야겠는디."

이제야 우리를 알은척하는 아주머니는, 아직 막차도 안 지나갔는데 가게 불을 끄겠다는 거였다. 아주머니가 그러는 것도 우리 아버지 때문일 거라는 생각이 들었다.

"그렇씨요. 우린 상관없응께."

그런 점을 누구보다 잘 아는 엄마는 늘 손해 보는 쪽을 택했다. 야박해도 야박하다 말 못하고 못마땅해도 못마땅하다

말 못하고, 어느 자리에서나 손해를 고스란히 감수했다.

나는 먼 들판을 바라보았다. 꼬불꼬불 휘어진 냇가는 꼭 아나콘다 같았고, 듬성듬성 웃자란 억새는 고슴도치의 성난 가시 같았다.

시간이 되자 막차가 왔다. 막차라서 그런지 엔진 소리가 유독 힘겹게 들렸다.

아버지가 그 차도 타지 않았으리라는 건 굳이 말할 필요도 없었다. 그러나 사람의 기대란 때로 뻔한 이치마저 뒤바뀌는 기적을 바랄 때가 있다. 오늘 밤 내 마음이 그랬고, 엄마도 마찬가지였을 거다.

막차는 바로 우리 코앞까지 왔다. 잠깐 멈출 듯 주춤하다가 다시 속력을 내서 어둠을 향해 질주해 가 버렸다. 그것으로 부질없는 기대는 산산이 부서졌다. 더는 기대해 볼 기적의 불씨마저 없었다. 너무나 분명한 현실이었다.

엄마와 나는 아무 말도 하지 않고 귀갓길에 올랐다. 돌맹이를 달아 놓은 듯 무거운 발걸음을 끌면서.

그렇게 돌아가야만 했던 우리 집은 안식처가 되지 못했다. 솔직히 말하자면, 돌아가야 할 집이 싫어서 반대쪽 길로 무작정 걷고 싶었다. 그곳이 지구 끝이라도 말이다.

집으로 들어서자 마루에 앉아 기다리던 준영이 형과 순화가 벌떡 일어나며 고개를 돌렸다. 실망감에 고개를 돌린 두 사람의 얼굴도 어둠에 물들어 있었다.

"난 아부지 안 들어왔으면 좋겄네."

순화다운 발상이었다. 사실은 내 생각도 그랬다. 아니, 우리 모두 같은 생각이었을 것이다. 그런데 엄마는 아닌 척 순화의 말을 막았다.

"못써! 아부지가 밖에서 얼매나 고생허는디."

그러나 우리 삼남매의 마음에는 고생하는 아버지가 들어 있지 않았다. 당장 불어닥칠 두려움만 들어 있을 뿐이었다.

순화는 두 눈에 눈물이 그렁그렁해서 엄마 말을 반박했다.

"술 취해서 올 거잖어요. 동네방네 시끄럽게 함서."

"아부진 아부진 것이여!"

엄마 목소리가 커졌다. 순화는 이내 눈물을 쏟으며 서운함을 드러냈다.

"지겨운께 그라지요. 엄마는 맨날 나만 갖고 그라요."

"그래도 이 가시내가!"

순화는 팩 토라져서 제 방으로 들어가 엉엉 울었다. 엄마는 마루에 털썩 주저앉아 긴 한숨을 내쉬었다. 마루도 땅도 꺼질 듯한 밤이었다.

5
붉은 얼굴

불길한 예감은 끝내 빗나가 주지 않았다. 고요하던 신작로에 나타난 택시가 노랗지도 빨갛지도 않은 불빛을 번쩍거리며 마을로 들어왔다. 아주 깜깜한 밤, 벽시계가 열두 번 종을 치고 나서였다.

그때까지 잠들지 못하고 있던 나는 일어나야 하나 말아야 하나 고민했다. 준영이 형도 나와 똑같은 심정인지 한숨만 길게 내쉬며 미적거렸다.

곧이어 동네가 떠나갈 듯한 아버지의 고함 소리가 울려 퍼졌다.

"쳇! 니들이 그렇게 잘났어? 이 인간말짜들아, 다 나와!"

혀 꼬부라진 말투, 또 그 억지소리였다. 누가 그렇게 잘난 척을 했으며 누가 그렇게 인간말짜 짓을 했다는 건지, 아버지는 술만 마시면 똑같은 말을 반복했다.

"다 덤비랑께!"

그 밤, 그렇게 올 것이 오고야 말았다.

나보다 준영이 형이 먼저 일어나 앉았다. 그리고 어금니 깨문 소리로 말문을 열었다.

"닌 순화 데꼬 나가 있어."

"성은?"

나도 일어나 앉았다.

"난 찬찬히 피해도 됭께, 느들 먼처 피해 있어."

나는 준영이 형이 하라는 대로 두말없이 방을 나왔다. 그러고는 순화 방으로 건너가 순화를 흔들어 깨웠다.

"야, 일어나. 언능! 아부지 왔당께. 빨리 일어나야 한다고."

"짝은오빠?"

다행히 순화는 깊은 잠에 빠져 있지 않았다.

"언능 피해야 쓴당께."

"흐응, 몰라이. 이게 뭐야이. 지겨워 미치겠네, 정말."

"후딱 나와. 아부지 올 때 다 됐어."

순화는 울먹이면서 제 방을 나왔다. 순화와 내가 마당으로 나서자, 역시나 우리 아버지 고함 소리에 깼는지 담 너머에서 주미가 손짓을 했다.

"순화야, 우리 집으로 와."

주미한테까지 이런 꼴을 보이게 되다니, 나는 창피해서 얼굴을 들 수가 없었다.

"히잉, 몰라이."

순화는 눈물을 훔쳤다. 나는 순화가 담을 넘어가기 편하게 끔 허리를 구부려 땅바닥에 엎드렸다. 순화는 신발을 벗어서 주미에게 던져 주고는 내 등을 밟고 담을 넘어갔다.

"짝은오빠는?"

"원광이헌티 가면 돼야. 낼 아침에 델로 갈랑께, 울지 말고 잘 자라이."

"알았어. 짝은오빠도."

"어."

순화는 주미를 따라 들어갔고, 나는 축 처진 걸음으로 집을 나왔다.

아버지는 고래고래 소리를 지르며 마을 한가운데 길을 올라오고 있었다.

"이 돼지만도 못한 것들, 다 나오랑께!"

하지만 그러는 아버지에게 대놓고 맞서는 사람은 아무도 없었다. 아버지의 고약한 술버릇을 알기 때문에 다들 뒤에서 수군거리기만 했다.

"또 지랄이여."

"어린 자석들을 봐서라도 저라면 안 되재. 언제 사람 될랑고. 쯧쯧, 자석들만 불쌍채."

그런 아버지가 우리 아버지라는 게 원망스럽고 부끄러웠다.

원광이네 집 앞에 다다르자 비틀대며 걸어오는 아버지 모습이 한눈에 들어왔다. 그 옆으로 엄마가 따라 걸으며 아버지를 말렸다.

"동네 사람들 다 잔디, 조용 잔 하씨요."

"머어, 조용? 이런 돼지만도 못한 인간들이 잔다고? 카악, 퉤!"

아버지는 가래침까지 칵칵 내뱉었다. 나는 눈물이 핑 도는 걸 애써 참으며 원광이네 집으로 들어갔다. 내 발소리를 들었는지 한천 할매가 방문을 빼꼼 열었다.

"언능 오니라."

"죄송한디요, 할매."

"그런 맘 안 묵어도 쓴다. 날이 찬께 언능 들어가 자그라."

"예."

나는 토방 한쪽에 신발을 벗어 놓고 원광이 방으로 들어갔다. 안 자는 거 다 아는데 원광이는 자는 체하고 있었다. 나는 기분이 영 아니어서 모르는 척했다. 그런데 자꾸 한숨이 나오는 건 어쩔 도리가 없었다.

원광이 옆에 눕자 원광이가 내 손을 꼬옥 쥐었다. 나는 그대로 눈을 감았다.

아버지의 고함 소리는 더 쩌렁쩌렁하게 들려왔다.

"머시라! 이것들을 칵!"

뒤이어 쨍그랑 소리가 나고 장독 깨지는 소리도 났다. 보나 마나 살림살이를 박살 내고 있을 것이다. 나는 이불을 푹 뒤집어썼다. 두 귀도 꽉 틀어막았다. 아무 소리도 들리지 않기를 바랐고, 세상의 모든 소리가 멈추기를 바랐다.

원광이가 나를 끌어안아 주었다. 당숙의 품은 나를 더욱 슬프게 했다. 내 눈물 때문에 가슴이 축축할 텐데도 원광이는 나를 밀어내지 않았다. 나는 그렇게 울다 잠이 들었다. 언제 잠이 들었는지, 얼마큼 잤는지도 모른다.

눈을 떴을 때 새벽 어스름이 창호에 들이쳤고, 내 눈가에는 눈물 딱지가 굳어 있었다. 나는 내 배 위에 올라와 있는 원광이 다리를 밀어내고 이부자리를 빠져나왔다. 푸르스름한 세상이 내 눈에는 축축하게 보였다. 내 몸은 한잠도 못 잔 것처럼 무거웠다.

아버지의 고함 소리는 이제 들려오지 않았다. 그렇지만 어떤 참상이 기다릴지는 안 봐도 뻔했다. 나는 눈곱을 떼어 내며 원광이네 집을 나왔다. 우리 집 앞에 다다르자 가슴이 콩닥거려서 숨 쉬는 것조차 고통스러웠다. 집으로 들어갈 용기가 나지 않아 한참을 머뭇거리며 담 너머로 집 안을 기웃거리기만 했다.

장독 파편이 나뒹구는 우리 집 마당은 끔찍하고 처참했다. 나는 눈이 시큰거려서 콧등을 찡그렸다. 뽀얀 백열등이 켜진 부엌에 엄마가 있었다. 엄마는 그 부엌에서 웅크린 채 밤을 지새웠을 것이다. 통통 부은 엄마 얼굴에는 생채기가 여러 개

나 있었다. 그런 모습으로 엄마는 밥을 짓고 있었다. 밥 한 끼 굶으면 뭐가 어떻다고.

나는 그러는 엄마가 청승맞아 보여서 싫었다. 자식들 입에 밥 들어가게 해 주는 게 세상의 전부라는 우리 엄마, 측은하고 가여웠다. 엄마는 내가 마당까지 들어가도록 알아차리지 못하고 깊은 생각에 잠겨 있었다.

"엄마!"

그제야 흠칫 놀라 돌아보는 엄마는 안방을 힐끗 곁눈질한 뒤에야 나를 반겼다.

"이냐, 지금 오냐."

나는 엄마의 그 뜻을 알기에 조심스레 작은방으로 들어갔다. 준영이 형은 언제 왔는지 팔베개를 하고 누워 있었다. 눈만 뜨면 책상 앞에 앉는 준영이 형이 웬일로 누운 채 천장에다 시선을 두고 있었다.

"서엉?"

"조용히 해."

하기야 그 상황에서 무슨 말이 필요하겠는가.

나는 벽에 기대앉았다. 준영이 형은 여전히 꼼짝 않고 눈만 끔벅거렸다. 나는 형의 옆얼굴을 슬쩍슬쩍 훔쳐보았다. 형의 얼굴이 아무래도 이상했다. 불그죽죽한 상처 같은 게 여럿 생겼다. 대충 짐작은 가지만 형에게 묻지는 않았다.

조금 지나자 순화도 돌아왔다. 순화는 아직도 눈에 눈물이

5. 붉은 얼굴 • 55

그렁그렁했다.

형이 몸을 일으켜 순화의 손을 잡았다.

"이깟 일로 울지 마. 아부진 아부지고, 우린 우링께. 마음 독하게 묵어."

준영이 형의 말에는 가시가 돋쳐 있고 벽돌처럼 딱딱하게 굳은 응어리도 들어 있었다.

"아부진 정말 너무해."

순화는 더 서럽게 울어 버렸다.

"됐당께. 그만 울랑께."

그때 방문이 열리더니 엄마가 밥상을 넣어 주었다. 엄마는 우는 순화를 측은하게 바라보며 나무랐다.

"순화 니, 시방 울 때 아닌께 그만 울어. 언능 밥 묵고 학교들 가야재."

"안 울어요, 엄마."

순화가 얼른 눈물을 훔치며 밥상을 받았다. 그런데 준영이 형은 벌떡 일어나더니 교복을 챙겨 입었다.

"전 밥 생각 없습니다."

준영이 형이 단호하게 말했다.

"한술이라도 떠야재, 으응?"

엄마의 애원 섞인 말도 소용없었다. 준영이 형은 책가방을 들고 그대로 방을 나가 버렸다. 세상에서 가장 큰 불효가 엄마 앞에서 밥투정하는 거라는 사실을 누구보다 잘 아는 준영이 형이 큰 불효를 저질렀다. 그만큼 우리 가족 모두에게 힘든 아침이었다.

사실은 나도 밥 생각이 없었지만, 나까지 엄마 마음을 아프게 하고 싶지 않아서 억지로 먹었다. 순화도 그런 눈치였다. 순화는 내내 콧물을 훌쩍거리며 밥을 먹었다.

6
눈물의 밥상

하루 종일 무얼 했는지 기억나지 않는다. 내가 무슨 생각을 했는지조차 가물가물하다. 그 정도로 나는 상심이 가득한 채로 하루를 보냈다.

돼지 장사를 하기 전만 해도 아버지는 순하고 착한 사람이었다. 그런데 전답이 변변치 않아 칠수 아재와 돼지 장사를 하면서부터 아버지는 술을 마셨다. 그래도 동네 다른 아저씨들처럼 엄마나 자식들에게 손찌검은 하지 않았다. 그렇지만 소리를 고래고래 질러서 마을 사람들의 잠을 방해했고, 살림살이를 깨부수기 일쑤였다.

아버지가 술을 마신 날이면 엄마는 우리를 집에 못 있게 했다. 아버지가 행패 부리는 모습을 자식들에게 보이고 싶지 않아서였다. 엄마 혼자서 아버지의 행패를 고스란히 감당했다.

그 때문에 엄마는 몸에 적잖은 상처를 달고 있었다.

학교가 파하고 우리는 하굣길에 올랐다. 내가 풀 죽어 있는 탓에 원광이와 봉호까지 시무룩해서 걸었다. 우리 뒤에서는 주미가 따라오고 있었다. 하굣길의 주미는 늘 혼자였다.

마을 어귀에 다다르자 밭에서 일하고 있는 아버지와 엄마가 보였다. 아버지는 퉁퉁 부은 엄마 얼굴을 보고 무슨 생각을 했을까? 이번에도 몇 번이나 잘못했다고 빌었겠지. 앞으로는 절대 술 마시지 않겠다고 지키지도 못할 약속을 했겠지. 맨날 빌고 후회하면서 왜 그렇게 술을 못 끊는 건지. 나는 아버지를 생각하면 우리 집도 싫고 가족도 싫고 마을도 싫고, 다 싫어졌다.

우리 셋은 마을에 도착해서야 겨우 이 말을 주고받았다.

"잘 가라이. 낼 보자이."

"어……."

마당은 말끔하게 치워져 있었다. 한밤중 참상의 흔적은 어디에도 없었다. 흔적이라면 헛간에 폐품으로 처박힌 텔레비전과 라디오, 그리고 썰렁해진 장독대였다. 엄마는 참상의 잔해에 손도 대지 않았을 것이다. 아버지 혼자서 다 치웠을 거고, 엄마 보기 민망해서 넋두리를 했을 거다.

"나가 또 술을 마시면 사람이 아니재."

그리고 그 잔해는 뒷산 풀숲에 버렸을 것이다. 나무하러 산에 오를 때마다 쉽게 볼 수 있는 광경이라 대수로울 것도 없었다.

나보다 먼저 집에 돌아온 순화가 애써 밝은 얼굴로 말했다.

"닭 모시는 나가 줬응께, 작은오빤 쉬어도 쓸 것이네."

"어."

어린것이 속도 깊다.

나는 작은방으로 들어가 벌렁 누웠다. 피로가 몰려와 눈꺼풀이 무거웠다. 하지만 마음 편히 눈을 붙일 수가 없었다. 아늑한 방에 누웠는데도 들판에 쌓아 놓은 짚단에 누운 것보다 불편했다.

곧 준영이 형도 왔다. 형이 귀가하기에는 일러도 너무 이른 시간이었다. 더구나 준영이 형은 나를 본 척도 하지 않았다.

"성?"

내가 벌떡 일어나 불러도 마찬가지였다.

형은 어디가 아픈지 교복을 벗어서 아무렇게나 팽개치고는 내가 누웠던 자리에 벌렁 누워 버렸다. 나는 준영이 형의 교복을 주워 벽에다 걸었다.

"서엉?"

"건들지 마라."

겨우 한마디 한 준영이 형의 목소리에는 먼지만큼의 무게조차 없었다. 나는 마음이 몹시 불편했다. 우리는 비좁은 공간에 같이 있으면서도 아버지와 엄마가 돌아올 때까지 아무 말을 하지 않았다.

가족이 모두 밥상에 둘러앉아 저녁밥을 먹을 때도 마찬가지였다. 가시방석이 따로 없었다. 나는 그 중압감 때문에 숟가락을 든 손이 떨릴 지경이었다. 준영이 형은 마네킹마냥 밥상 쪽으로 고개를 수그린 채 젓가락만 깨작거렸다. 여느 때 같으면 깨작거리지 말라고 한마디 했을 아버지도 그날은 아무 말이 없었다.

비구름보다 무거운 침묵을 깬 것은 순화였다.

"나는 아부지하고 꼭 같은 사람한티 시집갈라만요."

그런 폭풍이 없었다.

아버지가 이맛살을 찌푸렸다. 엄마는 순화의 어깨를 세게 밀쳤다.

"엄만 왜 그런디요? 아부지하고 꼭 같은 사람이면 좋재."

"가만 못 있어!"

끝내 엄마가 순화의 등짝을 내리쳤다. 그래도 순화는 물러서지 않았다.

"나가 멀 잘못했는디요?"

순화는 순화가 아니었다.

아버지가 숟가락을 탕 내리쳤다.

"이놈의 가시내가."

하지만 그뿐이었다.

순화는 엉엉 울어 버렸고, 아버지는 밥상을 휙 밀치고 집을 나가 버렸다. 밥상이 심하게 흔들리면서 국물이 사방으로 튀었다.

"준영 아부지!"

아버지는 붙들려는 엄마 손도 매정하게 뿌리치고 나갔다. 허탈해서 돌아선 엄마는 철퍽 주저앉으며 순화를 나무랐다.

"시방 니 하는 짓이 뭐여. 느그 아부지 속도 속이 아닌디."

"몰라요. 난 아부지 싫어요. 미워요. 아부지 없었으면 좋겠다고요!"

순화는 막무가내였다.

"그래도 이 가시내가!"

엄마는 또 순화 등짝을 내리치더니 기어이 눈물을 보이고 말았다.

"원망 말그라. 느그들 아부진디."

엄마의 눈물은 준영이 형과 내 눈물샘까지 자극했다. 그래도 우리는 밥상을 물리지 못하고 눈물 범벅인 채로 묵묵히 밥을 먹었다.

나중에 안 사실이지만, 순화보다 먼저 아버지에게 대든 사람은 준영이 형이었다. 형은 술 취한 아버지를 피하지 않고 아버지의 횡포에 맞섰다. 그래서 얼굴이 그렇게 불그죽죽했던 것이다. 똑똑한 준영이 형이 바보 같은 짓을 했다.

7
서울 아이

주미는 서울에서 태어난 서울 아이였다. 주미 아버지는 서울에 있는 무슨 섬유 공장 사장님이라고 했다. 반산 할매의 손녀인 주미는 아주 어려서부터 시골에 종종 내려왔고, 그때마다 우리 집으로 놀러 와서 나하고는 꽤 친한 사이였다. 나는 서울 아이 주미가 좋았고 부러웠다. 주미를 보면서 나는 서울을 동경했고, 꼭 서울에 한번 가 보고 싶었고, 서울에서 살고도 싶었다.

그런데 5학년이 막 시작된 올봄에 주미가 시골로 전학을 왔다. 서울 아이가 꾀죄죄한 시골 학교로 말이다. 그래서 우리 학교에는 처음으로 레이스 달린 원피스에 구두를 신고 다니는 아이가 생겼다.

아무튼 원광이도 봉호도 나도 깜짝 놀랐지만, 우리는 주미가 시골로 전학 온 이유를 묻지 못했다. 주미는 예전과 달리 말수가 적었고 시골 아이들과 잘 어울리지도 않았다. 여전히 서울 아이 티를 내는 것 같았고, 자기만 구두 신는다고 은근히 뻐기는 것도 같았다. 원광이 바지에 진흙이 묻은 것을 보고는 무안까지 줬다.

"어머! 지저분해."

그렇게 주미가 먼저 우리 사이에 금을 그었다. 그때부터 우리는 주미와 어울리지 않았고 말을 거는 일도 없었다.

그날은 아버지가 정류장 구멍가게에 자전거를 맡겨 놓아서 학교가 끝난 뒤 그 자전거를 찾아와야 했다.

"여그서 기다리라. 자징거 언능 찾아올랑께."

"어, 후딱 갔다온나."

그러는 동안 원광이와 봉호는 교문 앞에 주저앉아 꿀밤 먹이기 묵찌빠를 했다. 둘은 묵찌빠를 자주 했는데, 그날 일진이 나쁜 아이는 이마가 시뻘게지도록 꿀밤을 맞았다. 그러면서도 둘은 언제나 보면 킥킥거리며 웃었다.

아버지 자전거는 가게 문 옆에 세워져 있었다. 나는 가게 안으로 얼굴만 들이밀며 자전거를 가져가겠다고 말했다.

"아줌니, 자징거 가꼬가요."

그러면 가게 아주머니는 쳐다보지도 않은 채 "그리해라." 그 말뿐이었다. 그런데 그날은 무슨 일인지 나를 보면서 이렇게 말했다.

"지달려 봐라."

생각지도 못한 반응에 나는 엉뚱하게 대답하고 말았다.

"바쁜디요."

"성질머리하고는……. 이거 가지가라."

"먼디요?"

"돼지 박사가 니 주라고 과자 담아 놓은 거재."

"아부지가요?"

"그라게나, 참 별일은 별일이쟈."

"예에."

나도 가게 아주머니도 가볍게 웃고 말았다. 날짜 지난 달력으로 만든 종이봉투 안에는 돈부과자(콩 모양의 옛 과자)와 캔디가 여러 개 들어 있었다. 참말로 별일이었다. 아버지가 과자 사는 데다 돈을 쓰다니, 처음이라서 현실이 아닌 것만 같았다.

"야, 머시냐?"

과자 봉투를 보고 원광이와 봉호가 군침부터 삼켰다. 나는 돈부 과자와 캔디 하나씩을 나눠 줬다. 그런데 하필 그때 주미도 교문을 나오고 있어서 모른 체할 수가 없었다.

"주미 니도 과자 한 개 묵어라."

그러자 주미는 눈웃음을 지으며 돈부 과자와 캔디를 받았다. 나머지는 봉투째로 가방에 넣었다. 그런데 과자를 다 먹고 난 원광이가 능글맞게 웃으며 내 앞을 막았다. 나는 과자를 또 달라는 건가 싶어서 걱정스레 물었다.

"왜애?"

그러자 원광이는 뜬금없이 자전거를 타 보겠다고 했다.

"오늘 배워 봐야재."

"지금?"

나는 많이 놀라고 당황했다. 자전거 타는 법을 가르쳐 주겠다고는 했지만, 진짜로 그런 날이 오리라고는 생각하지 않았기 때문이다. 원광이는 내가 거절하지 못하도록 끈질기게 물고 늘어졌다.

"마침 잘됐잖애. 자징거도 있고."

"시간이 될랑가."

나는 아주 난감했다.

"쬐끔만 타먼 되재."

"그, 그래 그람."

하는 수 없었다.

우리는 학교로 다시 들어가 가방과 책보를 운동장 끝 잔디밭에 내려놓았다. 어쩐 일로 주미가 따라 들어오더니 잔디밭에 앉아 우리를 지켜보았다.

자전거는 봉호가 먼저 타겠다고 나섰다. 아주 자신 있어 하는 게 마치 탈 줄 아는 사람 같았다.

"잘 잡어라."

"알었어, 니나 잘혀. 자징거가 넘어질라 하믄 겁묵지 말고 그쪽으로 손잡이를 틀었다가 다시 제자리로 하먼 됭께, 내 말

명심허고."

"으."

봉호는 제법 알아듣는 눈치였다. 그래서 나는 자전거를 천천히 밀기 시작했다. 하지만 자전거가 움직이자 봉호는 안절부절못했다.

"자, 찬찬히 페달을 밟아 봐."

"으으, 하고 있어."

"자, 간다아."

나는 더 세게 밀면서 뛰었다. 봉호는 얼마간 중심을 잡고 타는 듯하더니 이내 중심을 잃고 말았다. 자전거가 지그재그로 왔다 갔다 했다.

"어어!"

"쫄지 말고 중심을 잡으랑께."

더는 안 될 것 같아서 나는 자전거를 세웠고 봉호는 자전거에서 뛰어내렸다. 그러자 원광이가 잽싸게 달려와 자전거를 낚아챘다.

"인자 나 차례재."

"알았응께, 숨 좀 고르고야."

그 광경을 보고 있던 주미가 한심하다는 듯 피식 웃자, 봉호가 발끈해서 분을 냈다.

"니는 먼디 비웃고 난리냐."

주미도 가만있지 않았다.

"자전거를 그렇게 타는 사람이 어디 있니? 배우려면 제대로 배워야지."

"그람 닌 자징거 탈 줄 안다는 소리냐?"

"체! 당연하지. 아직 자전거 못 타는 오 학년은 너희뿐일걸? 아마도."

주미는 봉호의 자존심까지 건드렸다. 그러자 원광이가 나서서 봉호 편을 들었다.

"주미 니 허풍 치면 가만 안 둔다."

"타면 어쩔 건데?"

"따, 딱지 다 준다."

으이그, 원광이는 말까지 더듬으며 유치한 소리를 했다. 한마디로 원광이는 주미의 말싸움 상대가 못 되었다.

"한심하기는……. 내가 딱지를 어디에 쓰니? 그리고 딱지는 벌써 졸업했어야 하는 거 아냐?"

줄줄이 맞는 말 같았다.

"글찮아도 동생들 줄라 했다."

"됐고, 내 책가방 네가 맡아."

"그려, 니가 탄다면. 그믄 니는 뭐 해 줄 건디?"

"그렇게 될 리야 없겠지만, 네 책보 내가 들어다 준다. 그래야 공평하잖아."

주미는 가방에서 체육복 바지를 꺼내 입고, 원피스는 걷어 올려 허리춤에 동여맸다. 그 모습이 어리숙해 보여서 주미가 아닌 것처럼 느껴졌다.

"딱 한 번에 타야 쓴다. 두 번 세 번 다시 타는 거 없다?"

"어휴, 정말 유치해. 내가 뭐 너 같은 줄 알아?"

주미가 자전거를 잡아챘다. 나는 어리둥절해서 자전거 짐받이를 잡았다. 그러자 주미는 나까지 무시했다.

"다들 수준이 왜 그래? 놔둬."

"니 혼자 탄다고야?"

"너도 혼자서 타잖아."

"나야 첨부터……."

그 뒷말은 하나 마나 한 것 같아서 나는 그만 입을 다물었다. 그래도 걱정이 된 건 사실이었다. 짐자전거는 보통 자전거와 다르기 때문이다. 그렇다고 주미를 말릴 수도 없었다. 나는 별수 없이 엉거주춤 뒤로 물러났다.

주미는 한쪽 다리로 페달을 힘껏 밟으며 자전거를 밀고 나아갔다. 그 동작을 몇 번 더 반복해서 자전거에 어느 정도 속도가 붙자, 주미는 재빠르게 땅을 박차고 뛰어올라 안장에 앉았다. 꽤 민첩한 동작이었다. 그리고 곧장 엉덩이를 들고 서서 페달을 돌렸다. 아무래도 허리춤에 동여맨 원피스가 불편한 모양이었다. 그런데도 주미는 보통 잘 타는 정도가 아니었다.

"우아!"

봉호는 입을 쩍 벌리고 다물 줄을 몰랐다. 반대로 원광이는 입술이 불뚝해서 심술 난 얼굴이었다.

주미는 운동장을 크게 두 바퀴 돌고 나서 자전거에서 내렸다. 그러고는 원광이한테서 확답까지 받아 냈다.

"너 오늘부터 약속 지켜라."

"누가 안 지킨다냐."

원광이는 잔뜩 골이 나서 자전거를 넘겨받았다. 그리고 나를 향해 신경질을 부렸다.

"나도 타 보일랑께 잡어 봐라."

"아, 알었어."

주미는 도도하게 서서 '탈 테면 타 봐라.' 하는 표정을 지었다. 원광이는 불뚝거리며 자전거에 올랐다. 나는 아무 잘못도 없으면서 두 사람 눈치를 봤다.

"지금 민다?"

"흐음."

원광이는 몹시 긴장한 상태에서도 꼭 타고야 말겠다는 표정을 했다. 나는 천천히 밀기 시작했다. 원광이는 봉호보다 안정된 자세였다. 페달도 제법 굴리는 것처럼 보였다. 하지만 마음이 너무 앞선 것 같아 불안했다. 이제 나는 밀기보다 원광이가 페달 밟는 속도에 맞춰 따라가는 형국이었다. 운동장을 반 바퀴쯤 그렇게 달렸다. 그러자 원광이도 자신이 붙었는지 조금씩 안정을 찾았다.

"나 잘 타재?"

"……"

물론 처음치고는 잘 탔다. 그렇지만 어디까지나 운이 좋은 거지 실력이 좋은 건 아니었다.

"손 놔 봐라."

원광이는 만용을 부렸다.

"어, 어쩔라고?"

"그냥 놔 보라고!"

원광이가 소리를 빽 질렀다. 원광이는 지금 자기 안전보다 주미에게 자랑하고픈 마음이 앞서 있었다. 속 모르는 봉호까지 원광이를 거들었다.

"원광이는 혼자서도 잘 타네에."

나는 믿음이 가지 않았지만 하는 수 없이 손을 놨다. 주미는 여전히 도도한 자세로 우리 쪽을 바라보고 있었다. 그러니 원광이는 더욱 잘 타 보이고 싶었을 것이다.

원광이는 페달을 더욱 힘껏 밟았다. 그러고는 내가 정말 손을 놓았나 확인하고 싶었는지 고개를 슬쩍 돌렸다. 그러다가 그만 중심을 잃고 휘청거렸다.

"어!"

나는 얼른 손을 뻗었다. 그러나 자전거는 내 손과 거리가 너무 멀었다. 원광이는 축구 골대를 피하지 못하고 들이받고야 말았다.

"으아!"

자전거는 고꾸라졌고 원광이는 내동댕이쳐졌다. 원광이는

쓰러진 채로 무릎을 잡고 고통스러워했다.

"야아, 원광아!"

"다쳤어?"

주미와 봉호가 급히 뛰어왔다. 원광이는 오만상을 쓰며 힘겹게 일어나 앉았다.

"아이 씨, 무르팍 다 까졌다."

"걸을 수는 있겠어?"

주미 말에 원광이는 손으로 바닥을 짚고 일어나 한 발 한 발 걸어 보았다. 역시 절뚝거렸다.

"아, 따거!"

나는 넘어진 자전거를 세웠다. 자전거는 핸들이 한쪽으로 비틀어지고 칠이 벗겨져 있었다. 나는 아버지한테 혼날 생각에 눈앞이 까마득해서 부아가 치밀었다. 정말 그 생각뿐이어서 원광이한테 신경질을 부렸다.

"넌 그것 하나 못 타냐."

그러자 주미가 몸을 돌려 나를 째려봤다.

"지금 사람이 다쳤는데 넌 그런 말이 나오니?"

"자징거 망가진 건 어쩔 건디?"

"자전거가 사람보다 중요하니? 망가진 건 고치면 되잖아."

주미 말이 물론 다 옳았다. 하지만 이 일의 발단은 주미 때문이라는 게 내 생각이다. 그래서 한 발짝도 물러서고 싶지 않았다.

"말이 쉽다. 누가 고치는디?"

그쯤 되자 원광이가 나서서 우리 둘을 말렸다. 그게 나는 더 속이 상했다.

"다 나 잘못잉께, 둘 다 그만했으면 쓰겄다. 나가 무장 미안하잖어. 긍께 준호 니가 참어 부러라."

"니도 문제지만 주미 잘못도 크잖애. 주미가 널 무시항께 니가 그란 거잖어."

내 말에 주미가 펄쩍 뛰었다.

"어머! 준호 너 생사람 잡니?"

"참말이잖어."

"내가 언제 무시했어?"

"그람 안 했다고 니 양심한테 물어봐라."

"야!"

주미는 그만 얼굴이 빨개졌다. 부들부들 떠는 게 당장이라도 눈물을 보일 것 같았다.

"뭐여?"

"나쁜 자식!"

주미는 이내 눈물을 떨어뜨리더니 휙 돌아서서 뛰어가 버렸다. 나는 아무 말 못하고 눈만 끔벅거렸다.

봉호는 쑥을 뜯어다 잘게 으깨어 원광이 상처에 붙여 주었다. 원광이 상처는 생각보다 커 보였다.

8
아버지의 선언

"부릉, 부릉, 부우웅."

판구 형의 입 자동차가 시동을 걸었다. 또 하루가 시작된 것
이다. 그런데 우리 집 앞까지 왔으면서 브레이크 밟는 소리는
내지 않았다. 갑자기 철이 든 건가 의구심이 들었다. 게다가 조
심스레 머리부터 내밀고, 나와 눈이 마주치자 싱긋 웃었다.

"준영이 성은 아까 나갔는디."

"또야?"

내 말에 판구 형은 몹시 실망스럽다는 표정을 했다. 그러고
보니 요즘 준영이 형이 판구 형을 기다리지 않고 등교한 게
벌써 두 번째였다. 판구 형 행동을 보면 둘이 싸운 것 같지는
않은데 뭔가 이상했다.

"성들 먼 일 있당가?"

궁금해서 물었을 뿐인데 판구 형은 내 말을 무시했다. 그것도 어리다는 핑계를 들어.

"먼 일은야. 없쓰야. 글고 쬐끄만 게 성들 일을 알려고 하믄 쓰나. 다친다이."

"이상항께 글재."

"그래도 이거시, 칵!"

"알겄네. 판구 성은 툭하믄 '칵'밖에 없재."

"알믄서 말대꾸냐."

"빨리 가소. 공부하기도 벅찰 건디."

그래서 나는 뼈 있는 말을 한마디 했다. 하지만 판구 형한 테는 통하지 않았다.

"진작에 그럴 것이재. 간다아. 붕, 붕붕, 웨앵."

이렇게 받아 버리고 말았다. 그러고 보면 세상 참 편하게 사는 사람이 판구 형 같았다.

판구 형은 다시 입으로 자동차 소리를 내며 뛰기 시작했다. 그런데 아무리 생각해도 준영이 형과 판구 형 사이에 무슨 일이 있는 것만 같아 보통 미심쩍은 게 아니었다.

나도 등교를 서둘렀다. 두 번 다시는 6학년 형들이랑 부딪 치고 싶지 않아서 나름대로 각오한 바가 컸다.

아버지는 돼지 사러 나가지 않는 날이면 아침 일찍 땔감을 해 왔고, 마당에서 낡은 연장을 손볼 때가 많았다. 오늘도 마 당에서 연장을 살펴보고 있는데 이장 아저씨가 우리 집에 들렀다.

"동상 계신가?"

아버지는 허리를 펴고 일어나서 이장 아저씨를 반겼다.

"이장 성님이 여그까지 먼 일이다요? 우선 들어오씨요."

"피차 바쁜디 들어갈 것까정 없고. 자네 큰놈 학교서 전화 왔등마. 자네더러 학교 잔 댕개갔으면 좋겄다고."

"마, 그랍디여. 근디 먼 일이랍디여?"

"그것까정은 나가 모르고, 암튼 그 말만 전해 주라데? 그거이 뻔한 일 아니겄는가. 큰놈 진학 문제로다 그러겄재. 자네가 자석 농사 하나는 참말로 기특하게 잘 지었어."

"하이고, 성님도. 고거이 어디 제 공이간디요. 지들이 알어서 열심히 한 덕이재."

"어쨌거나 동상은 낭중에 큰놈 덕 좀 볼 것이여."

"그람사 아짐찬('고맙다'는 뜻의 전남 고흥·보성 방언) 하지라."

"그람 난 이만 가 볼랑께, 일 보소."

"고맙소, 이장 성님."

아버지는 어느 자리에서건 준영이 형 이야기만 나오면 우쭐해고 자랑스러워했다. 목소리도 그때가 가장 컸다.

아버지는 그날 열 일 제쳐 두고 준영이 형 학교에 다녀왔다. 어쩌면 아버지 인생에서 첫 번째는 준영이 형인지도 몰랐다. 형 학교에 가서도 아버지는 우쭐하고 기분이 좋아서 말끝마다 "암요."라는 토를 달며 벙싯거렸을 것이다.

"그라지라, 암요. 제 공이간디요. 지 공이지요, 암요."

겸손도 엄청 떨었을 것이다. 일등 아들에 걸맞은 아버지답게 말이다.

그동안 아버지는 준영이 형의 고등학교 진학 문제로 고민해 왔다. 읍내에 농업고등학교가 있긴 했지만, 아버지는 형을 도시에 있는 고등학교로 보내고 싶어 했다.

"사내는 큰물에서 커야 써."

그게 아버지의 교육 방침이기도 했으니까.

그런데 준영이 형 학교에 다녀온 아버지 태도가 여느 때와 완전히 달랐다. 나들이복 차림으로 마루에 앉아서 줄담배를 피우며 알아듣지도 못할 탄식을 토하곤 했다.

학교에서 돌아온 나는 그것도 모르고 집으로 뛰어들었다가 깜짝 놀라 주춤했다.

"아! 아부지, 학교 댕겨왔슴다."

그 바람에 인사까지 어정쩡했다.

"이놈아, 촐랑대지 좀 말어."

"예."

나는 기가 죽어 힘없이 대답했다. 아버지는 나를 나무라며 안방으로 들어갔다.

그때 부엌에서 저녁을 준비하던 순화가 얼굴을 내밀고 손짓과 입술로만 신호를 보냈다.

'아부지 기분이 영 아니여. 조심하소.'

나는 고개를 끄덕이고는 앞꿈치로만 살살 걸어서 닭장으로 향했다. 닭장 앞에서도 안방이 신경 쓰여서 조심스러웠다.

대체 뭔 일이지?

닭들은 그때도 홰에 올라앉아 눈을 끔벅거렸다. 언제 봐도 정이 안 가는 닭들, 아버지 때문에 오늘도 내가 참는다.

들에서 돌아온 엄마가

"준영이 학교 간 일은 어치께 됐다요?"

하고 물어도 아버지는 대답이 없었다. 안방에 들어간 아버지가 꼼짝을 하지 않는 바람에 우리 집은 또 냉랭한 분위기에 휩싸였다.

"먼 일인디 저런디야. 밸일이네."

엄마는 근심스러워하면서도 더는 묻지를 못했다. 정말 아버지가 이상했다. 준영이 형 학교에 다녀온 아버지는 이래야 옳았다.

"나가 겁나 치사를 들어 부렀네. 큰놈이 또 일등이라고 안 항가. 교감 선상까지 치사를 한디 내가 몸 둘 바를 몰랐당께."

그런데 아니었다. 아무 영문도 모른 채 우리는 그 정반대인 아버지와 마주했다. 또 숨 막히는 밤이 될 것 같은 불길한 느낌마저 들었다.

아버지의 침묵을 깨뜨린 사람은 준영이 형이었다. 처음부터 알고 있었던 듯, 준영이 형은 집에 돌아오자마자 안방 앞에

서서 아버지에게 말했다.

"아버지, 다녀왔습니다."

"들어와라!"

아버지의 목소리가 격했다. 그 목소리는 지금껏 준영이 형을 기다렸다는 뜻 같았다. 놀라서 부랴부랴 준영이 형을 따라 안방으로 들어간 엄마는 다짜고짜 쩔쩔매기부터 했다.

"준영 아부지, 먼 일이다요?"

"이런 배은망덕한 놈이 우릴 배신했당께. 고얀 놈이 우릴 무시해도 유분수재."

아버지 말은 알아들을 수가 없었다.

"준영 아부지, 그거이 먼 말이다요?"

"이놈이 학교를 며칠씩 빼묵었당께."

그제야 그 사달의 실태가 짐작되었다.

"머시라고요?"

엄마도 충격이 컸다.

"알았음 자네는 빠지고, 회초리나 준비해 오소."

"아이고, 준영 아부지! 말로 하씨요. 먼 일인지부터 차근차근 들어 봅시다."

"일은 먼 일! 자네꺼정 왜 그려! 니놈이 나가서 회초리 가져와."

아버지는 더 역정을 내며 준영이 형에게 직접 회초리를 가져오게 했다. 준영이 형은 이렇다 저렇다 변명 한마디 없이 밖으로 나와서 회초리를 가지고 들어갔다.

그러자 순화가 큰 소리로 울먹거렸다.

"큰오빠, 무조건 잘못했다고 비소. 어찌까, 우리 큰오빠."

"준영 아부지, 참으씨요!"

엄마가 말려도 소용없었다.

준영이 형은 자진해서 바짓단을 걷어 올렸고, 곧 찰싹거리는 회초리 소리가 들렸다. 준영이 형이 매를 맞는 건 처음이다. 언제나 모범생인 준영이 형은 그동안 꾸지람조차 들은 적이 없었다. 그런 형이 중학교 3학년이 된 지금 학교에 가지 않았다는 이유로 매를 맞았다.

나는 이장 아저씨네 짚단에 불을 내서 매를 맞았고, 옆 동네에서 참외 서리 하다가 매를 맞았고, 또 학교 일찍 끝났는데도 늦게 끝났다고 거짓말했다가 매를 맞았다. 한마디로 수도 없이 맞았다. 순화도 밥 짓기 싫다고 떼를 쓰다 매를 맞은 적이 있다. 그러니까 우리 삼남매 중 준영이 형만 유일하게 매를 맞지 않았다. 그런데 오늘로 그 법칙이 깨졌다.

"학교는 머 땜시 안 갔냐?"

아버지는 매질을 하면서 엄하게 물었다. 준영이 형은 매를 맞을 때마다 몸을 움찔거리며 고통스러워했다. 그러나 비명은 내지 않았다. 오히려 아버지에게 반기를 드는 말대답을 했다.

"공부가 싫어졌습니다."

아버지와 엄마의 꿈을 깡그리 뭉개 버리는 대답이었다. 도

무지 있을 수 없는 일이었다. 공부밖에 모르는 모범생이 공부가 싫어졌다니, 도저히 납득할 수 없는 일이었다.

"뭐시여?"

"아이고, 준영아!"

아버지는 고함을 쳤고, 엄마는 준영이 형을 끌어안았다.

"자네는 비키소."

아버지가 엄마를 밀쳤다. 그리고 손에 든 회초리를 방바닥으로 패대기쳤다. 준영이 형의 말은 그만큼 충격적이었다.

"뭣 땜시 공부가 싫어졌냐?"

이렇게 묻는 아버지의 목소리가 떨렸다.

"공부는 해서 뭐합니까?"

"뭐시여? 그래도 이 자석이!"

아버지가 욱해서 오른손을 쳐들자, 엄마가 아버지 팔을 잡고 매달렸다.

"아이고, 준영 아부지. 진정 좀 하씨요, 준영 아부지!"

그래도 준영이 형은 꿈쩍을 하지 않았다. 아버지 손은 엄마가 끌어 내렸다. 아버지는 숨을 훅 몰아쉬며 이번에는 준영이 형을 내쫓았다.

"좋아, 이눔아! 공부 때리치라. 니놈은 자석도 아닝께 당장이 집서 나가라. 부모를 부모로 생각 안 하는 놈은 자석도 아닝께, 당장에 나가란 말이다."

그러자 엄마가 아버지를 말리며 준영이 형더러 나가 있으라고 손짓했다.

"준영 아부지, 지발 좀 진정하씨요. 예?"

"괘씸한 놈! 공부가 싫어졌다고? 우라질 놈."

준영이 형은 눈물을 떨어뜨리며 안방에서 나왔다. 아버지는 담배에 불을 붙이며 연신 "괘씸한 놈! 우라질 놈!" 하며 탄식했다.

우리 가족은 모두 저녁을 쫄쫄 굶었다. 자식들 입에 밥 들어가는 것을 최고 행복으로 치는 엄마도 머리를 싸매고 누워 버렸다. 우리 집은 사람 사는 집이 아닌 것만 같았다.

이튿날 아침에도 집 안 분위기는 바뀌지 않았다. 다섯 식구 모두 밥상에 둘러앉았지만 아무도 말이 없었다. 두렵도록 긴 침묵이었다.

그러다 맨 먼저 숟가락을 들었던 아버지가 다시 숟가락을 내려놓으며 침묵을 깼다.

"밥 묵음서 들어라. 아부진 인제 술 담배 끊었응께, 그러케들 알고 느그들은 공부에 힘써라."

"예."

나는 얼른 대답했다. 그러고 보니 나 혼자서만 대답했다. 준영이 형과 순화는 밥그릇만 내려다보고 있을 뿐, 아무 대답도 하지 않았다. 우리 가족 중에 아버지의 그 말을 믿는 사람은 아무도 없었다.

9
행복한 삼남매

아버지는 아침부터 텔레비전 뉴스에서 눈을 떼지 못했다. 남자 아나운서가 격앙된 목소리로 우리나라에 큰 변란이 났다고 했다. 18년 동안 우리나라를 이끌어 온 대통령이 어젯밤 자기가 가장 믿었던 중앙정보부장의 총에 맞아 죽었다는 것이다. 그리고 대통령의 죽음은 '서거'라고 했다. 어제가 10월 26일이어서 '십이륙 사태'라고 했다.

나는 그때 '서거'라는 말을 처음 들었기 때문에 그 뜻은 당연히 몰랐다. 그래서 국어사전을 찾아봤더니, '죽어서 세상을 떠나다'는 뜻의 '사거'를 높여서 '서거'라고 한다고 돼 있었다.

아버지는 연신 혀를 차면서 텔레비전을 봤다.

"어치케 상전헌티 총질이여! 나라 꼴이 머시가 될라고."

"그람 세상이 바뀐다요?"

엄마도 초조해했다.

"그거야 어찌 알겄는가. 전쟁이나 안 나면 다행이겄재."

"그라믄 어짠다요? 전쟁 나 불면."

"긍께 온 나라가 걱정 아닌가."

"참말로 큰일이네요."

"전쟁이 안 나도 시끄러울 거여. 나라의 어른이 죽었응께 서로들 어른 할라고 안 글겄는가. 뻔하재. 인자부터 정치한다는 사람들이 시커먼 속내를 드러낼 것이여."

"아이고, 걱정이네요. 글믄 아그들 학교는 어쩐다요?"

"거그까지야 벨일 있겄는가만, 아그들한테만큼은 벨일 없기를 바라야지 않겄는가."

"아이고, 어짜다가 대통령이 다 죽었을까이?"

아버지와 엄마의 나라 걱정은 우리들 학교 걱정으로 바뀌었다. 아버지와 엄마는 준영이 형의 고등학교 진학에 큰 기대를 걸고 있었기 때문이다.

하지만 나는 이런 상황이 잘 이해되지 않아서 준영이 형에게 물었다.

"성, 대통령이 죽으믄 나라가 망한 거당가?"

"그건 아닌디, 그거랑 비슷하재."

"왜 근당가?"

"불미스럽게 서거했응께 국가 권력에 공백이 생기지 않겄나."

"그거이 먼디? 그믄 대통령이 없는 나라가 된당가?"

"아니, 국무총리가 대신하재. 근디 무슨 직책이든 대신하믄 어디 심이 있든? 다 껍다기처럼 굴재. 선생님을 대신해서 반장이 이야그하믄 느그들은 묵어 주냐. 안 글잖어. 그거랑 비슷한 경우여."

"워매, 그라믄 따지고 대드는 사람도 많었는디? 우리도 청소 구역 땜시 반장헌티 맨날 대등께. 그란디 정보부장이 대통령 부하람서 멋 땜시 자기 윗사람헌티 총을 쐈당가?"

"그건 나도 잘 모르는 디다가 이야그할라믄 너무 길어야. 또 함부로 말해도 안 되고. 근디 한 가지 쩌기는 있어."

"그거이 머당가?"

"대통령을 너무 오래 해 묵었어. 법까정 손바닥 뒤집기처럼 이랬다저랬다 바꿔 가믄서. 그 때문에 불만 품은 사람들이 많았재. 거그다 많은 사람들이 잡혀가서 고문받다 죽기도 하고 불구자가 되기도 안 했냐."

"그람 대통령이 나쁜 사람이었능가?"

"몰러, 그거는……. 하지만 아무리 대통령이라 해도 민주주의 국가에서 나랏일을 자기 맘대로 처리하는 건 쫌 글찮여."

"긍가?"

그래도 나는 준영이 형의 말을 알아들을 수가 없었다. 내 생각에는 혼자 마음대로 하려고 대통령 하는 게 아닌가 싶다가도, 민주주의 국가에서 혼자 잘 살겠다고 다른 사람들을 죽이고 불구자 만드는 건 아니지 싶었다.

나는 대통령이 돼도 사람들 다치게는 하지 말아야지, 나중 대통령으로서 다짐했다.

아무튼 그날 아침은 내 소중한 쪽잠을 다 날려 버렸다. 준영이 형도 앉은뱅이책상 앞에 맨송맨송 앉아 있기만 할 뿐, 공부는 통 못하는 눈치였다. 그러다 판구 형의 입 자동차 소리가 들려오자 자리에서 일어나며 잔소리 같은 당부를 했다.

"근디 니 어디 가서 대통령 이야그 하믄 안 딘다. 잘못하믄 큰일 나 붕께, 절대로다 그런 이야그 하지 마라."

"걱정 마소. 나도 그만한 눈치는 있응께."

나도 형을 따라 방을 나왔다. 우리는 마당에 서서 안방에 대고 인사를 했다.

"학교 다녀오겠습니다."

"언릉들 가 봐라."

아버지는 우리 인사를 건성으로 받았다. 돼지를 팔겠다는 집이 없는지 장사 나갈 기색도 아니었다. 나는 그 편이 더 다행이다 싶었다. 집에 있으면 술 마시는 일은 없을 테니 말이다.

학교에 가니 선생님도 대통령 서거 이야기를 했다. 선생님은 국가 원수인 대통령이 참변을 당했으니 경건한 마음으로 애도해야 한다고 했다. 꼭 그 이유 때문만은 아니겠지만, 아이들도 왠지 덜 떠드는 것 같았다. 마침 토요일이라 수업도 하는 둥 마는 둥 해서 기분은 좋았지만, 집에 가서 아버지와 마주할 생각을 하니 공연히 마음이 무거워졌다.

그런데 어디서 들었는지 원광이가 준영이 형이 결석했다는 걸 알고는 내게 넌지시 물었다.

"준영이 조카 왜 그랬다냐?"

복도를 나와 신발을 막 신을 때였다.

"몰라야."

나는 진짜로 아는 게 없었다. 그런데 원광이는 내가 알면서도 말하지 않는 걸로 오해했다. 그럴 때는 정말 기분이 상한다. 상대방 말을 믿지 못하고 넘겨짚어서 오해하는 거, 참 나쁘다.

그렇지만 나는 마음 상한 내색은 하지 않았다. 지난번 자전거 일도 있고 해서 더는 다툴 일을 만들고 싶지 않았기 때문이다. 그리고 오해는 시간이 지나면 풀릴 테니까. 그러고 보니 원광이는 이제 절뚝거리지 않았다. 시간은 원광이 상처도 아물게 했던 것이다.

그때 고장 난 자전거는 아버지가 고쳤다. 나는 혼날 생각에 잔뜩 긴장하고 있었는데, 아버지는

"어디 다친 디는 없냐?"

오히려 이렇게 물어서 나는 하마터면 울 뻔했다. 그래서 원광이한테 많이 미안했는데, 차마 말은 못 했다.

교문을 나서면서 나는 가게 쪽부터 바라보았다. 아버지가 장사를 나가지 않았는데도 습관적으로 그쪽을 바라본 것이다.

교문 앞에는 솔방울이 엄청나게 떨어져 나뒹굴고 있었다. 우리 학교는 교목이 소나무였고 교화는 진달래였고 교조는 참새였다. 학교 상징이 소나무, 진달래, 참새라니, 상징에서까지 너무 촌티를 낸다.

주미 책가방까지 둘러맨 원광이는 솔방울을 툭툭 걸어차며 걸었다. 뒤따라오는 주미에게 반발심을 표현하는 것 같기도 하고, 섣부른 객기를 후회하는 표현 같기도 했다.

교문을 나설 때였다. 얼핏 보니 낯선 아주머니가 서 있었다. 짙은 화장에 양장을 차려입은 아주머니는 무척 세련돼서 우리 시골과는 거리가 멀어 보이는 사람이었다. 그런데 왜 거기에 서 있는지 나는 무지 궁금했다.

그런데 그 아주머니가 무슨 말을 할 것처럼 몸을 살짝 움직이더니 주미를 불렀다.

"주미야!"

목소리에서 다정함과 조심스러움이 함께 묻어나는 것 같았다. 그렇지만 왠지 자신감은 없는 듯한 말투였다.

주미는 얼굴 표정이 굳었을 뿐 대답은 없었다. 두 사람 사이가 어딘지 모르게 어색해 보였다. 나는 주미를 한참 바라보았다. 주미는 시무룩한 얼굴로 그 아주머니를 노려보았다. 그러자 아주머니가 주미에게 한 걸음 다가섰다.

"주미야, 우리 얘기 좀 하자."

"아뇨. 싫어요."

주미는 내빼듯 뛰어가 버렸다.

"주미야!"

아주머니가 뒤따라가며 불러도 주미는 멈추지 않았다. 우리 셋은 주미와 아주머니가 멀어질 때까지 물끄러미 바라보고만 있었다. 그러다 동시에 답 없는 질문을 던졌다.

"누구재?"

"긍께야이."

원광이는 주미 책가방을 들썩이며 어깨를 실룩했다. 우리는 그 아주머니가 주미와 어떤 사이인지 몰랐다. 주미를 찾아온 이유는 더욱 몰랐다. 우리가 아는 것은 주미 엄마는 아니라는 사실밖에 없었다.

주미 엄마는 작년에 세상을 떠났다. 교통사고라고 했다. 그 때 땅을 치며 통곡하던 반산 할매를 우리는 지금도 기억하고 있다. 그리고 주미가 시골로 전학 온 것도 주미 엄마가 돌아가셨기 때문일 거라는 게 우리 짐작이었다.

그런데 낯선 아주머니가 학교 앞에 불쑥 나타나 주미를 기다렸다. 도대체 누굴까? 주미는 또 왜 달아났지?

원광이 어깨에 얹힌 주미의 책가방이 쓸쓸해 보였다. 우리 셋은 그 궁금증을 골치 아픈 숙제처럼 머릿속에 담고 마을로 돌아왔다.

아버지와 엄마는 마을 옆 언덕배기 밭에서 고구마를 캐고 있었다. 갑자기 고구마를 캐다니. 아침 내내 텔레비전 뉴스에만 빠져 있던 아버지가 무슨 바람이 불었나 싶었다.

"느그 감재(고구마의 전남 방언) 캔갑재?"

원광이가 물었다.

"어, 근갑다. 아부지 장사 안 갔다고 오늘 캐는갑다."

나는 힘없이 대답했다. 오늘은 좀 편하게 지내나 했는데, 이래서 맨날 일이나 해야 하는 시골이 싫었다. 원광이는 그런 내 마음을 누구보다 잘 알았다.

"언능 캐 불먼 좋재. 긍께 심내."

"언제 캐도 캘 텡께 그라긴 한디, 오늘은 어째 영판 기분이 안 나야."

"그래도 나보다 낫잖어. 울 아부진 없는 일도 맹그는 사람 아니냐."

"알었다. 그런 말 하자믄 나가 닐 못 당하재."

그때 봉호가 우리 이야기에 끼어들었다.

"감재 쪄 놔야 쓴다? 저닉에 갈랑께."

봉호는 오로지 고구마 먹는 욕심만 냈다. 그러자 원광이가 얼굴을 붉히며 지청구를 퍼부었다.

"닌 순화 고생시킬라고 작정해 붓냐! 감재는 낭중에 묵어도 된디, 머시가 급하다고 감재 타령이냐."

"준호 니가 찌면 안 되겄냐?"

어쩐 일로 봉호가 머리를 긁적이며 원광이한테 꼼짝을 못했다. 그러자 원광이는 목소리를 더 높였다.

"픅이나 쟈가 찌겄다. 순화한티 시킬 거이 뻔한디."

봉호는 이내 나에게 도움을 청했다.

"준호야, 아니재? 순화한티 안 시킬 거재?"

그렇지만 나는 확실하게 해 줄 대답이 없었다. 내가 직접 고구마를 찔 생각은 하지 않았으니까. 그래서 둘의 대화를 성 가셔하는 투로 피했다.

"그만혀. 나가 알어서 할랑께."

"머슬야. 순화한티 시킬 껌시롱."

원광이는 나한테까지 까칠하게 말했다. 그럴 때 보면 원광 이는 나보다 순화를 더 위해 준다. 그렇더라도 나를 무시하는 건 용납이 안 된다. 그래서 나도 까칠하게 맞받았다.

"안 시켜야."

"진짜 니가 감재 찐다고?"

"아 참, 말 많네. 어쨌든 안 시킨당께."

"긍께 니가 찌겄다는 거 아니냐고?"

이쯤에서 끝내면 좋으련만 갈수록 내가 불리해졌다. 마침내 나는 말을 돌렸다.

"안 찌고 구워 노면 될 꺼 아니냐. 니는 왜 그렇게 의심이 많냐!"

"아, 알았다이. 니 시방 한 약속 꼭 지케라."

그제야 원광이는 수그러들었다. 하지만 의심을 깨끗이 떨치 지는 않은 것 같았다. 그러니 나는 내가 한 말에 꼼짝없이 책임을 져야 할 판이었다.

"알았다 안 그냐."

"그람 저녁에 봐."

끝까지 나를 못 믿는다는 저 말투.

나는 꼭 약속을 지키리라, 내 말에 책임지리라, 다짐하고 다짐했다. 그런데 나는 그 약속을 지키지 못했다. 결국은 변명에 지나지 않겠지만 상황이 그럴 수밖에 없었다.

집에 돌아온 나는 발채 얹은 지게를 지고 서둘러 밭으로 나갔다. 고구마 줄기를 걷어 낸 밭은 붉은빛 황토를 드러내고 있었다. 아버지와 엄마는 한 고랑씩 맡아서 호미로 고구마를 캤고, 순화는 고구마를 자루에 담고 있었다.

"학교 다녀왔슴다."

나는 목소리 높여 인사하고는 지게를 내려놓았다. 순화가 돌아보며 알은체를 했다.

"짝은오빠, 일찍 왔구마이."

순화는 제법 일꾼답게 흙 묻은 손을 탈탈 털면서 나를 반겼다. 엄마도 쭈그려 앉은 채로 돌아보며 내 인사를 받았다.

"이냐, 일찍 와서 고맵다."

"아녀요."

나는 히쭉 웃으며 순화 옆으로 다가갔다.

그런데 아버지는 내 인사를 받지 않았다. 내가 무슨 잘못을 했나 싶어 겁도 나고 무안하기도 해서 나는 순화를 슬쩍 쳐다보았다. 나랑 눈이 마주친 순화는 자기도 모르겠다며 고개를 두 번 저었다. 그러더니 나를 대신해서 아버지에게 따졌다.

"아부진 짝은오빠 인사를 왜 안 받아윳. 짝은오빠 무안케?"

그제야 아버지도 돌아보았다. 아버지 표정이 하도 근엄해서 순화 때문에 나까지 혼날 것만 같았다. 그런데 아버지 대답은 뜻밖이었다.

"아, 그냐? 잠시 딴생각 땜시 못 들어 부렀다. 이이, 잘 댕게 왔냐?"

"예, 아부지."

한 번도 나에게 다정한 적이 없는 아버지인데, 오늘은 정말 이상했다. 그런데 순화는 하지 말았으면 싶은 말을 눈치코치 없이 자꾸만 늘어놓았다.

"먼 생각 하셨는디요?"

"그랑 거 있다."

"큰오빠 땜시요?"

"그랑 것도 있고, 요새 통 돼지를 팔겠다는 집이 없고 그래서 근다."

"아부지도 참, 걱정도 팔자시다요. 큰오빠는 열심히 공부하는디 머시가 걱정이다요. 글고 돼지사 팔 때가 되믄 다 팔재, 어떤 아재들이 돼지 늙을 때까정 키운답디요."

듣고만 있던 엄마가 웃었다.

"아이고, 우리 딸은 누굴 닮어 말을 저리도 잘한다냐?"

아버지도 입가에 웃음을 머금었다.

"누구긴요, 엄마재."

그래서 나도 기분이 들떠 넌지시 끼어들었다.

"니, 아부지는 안 닮었냐?"

순화는 내 말이 난처한지 아버지를 슬쩍 돌아보았다. 아버지는 크음크음 헛기침을 했다. 나는 괜한 말을 한 것 같아 민망했다.

"나 안 닮어도 괜찮응께 눈치 볼 거 없다."

아버지 말은 몹시 섭섭하다는 뜻이었다. 순화도 그걸 모르지는 않았다. 눈치만큼은 둘째가라면 서러워할 순화 아닌가.

"아부진 먼 말씀을 그러코롬 한다요? 딸이 아부질 안 닮으면 누굴 닮었어요."

입에 침이나 바를 일이지, 나는 순화에게 두 손 두 발 다 들었다. 그런데 아버지 또한 그 딸의 아버지가 맞았다.

"난 안 닮어도 될 것인디 그랬다이. 그래야 쪼까 더 이쁠 것인디."

"아니어라. 그람 아부지 딸 아니게요."

"그래 맞다. 니 말이 참말 맞다."

뭐가 그리 좋은지, 아버지는 웃을 일도 아닌데 호탕하게 웃었다.

아마도 대화는 이럴 때 끝내는 것이 서로에게 좋았을 것이다. 그런데 순화는 기분이 들뜬 나머지 하지 않으면 좋을 말

94

을 서슴없이 내뱉었다.

"근디 아부지, 술은 참말로 끊었다요?"

아버지 앞에서 술 이야기는 그 누구도 꺼내서는 안 되는 불문율이나 마찬가지였다. 그 불문율을 겁도 없이 순화가 깨 버렸다. 아버지는 당황한 기색이 역력했다.

"한 번 약속했음 됐재."

"한두 번 깬 게 아닌께 글죠."

순화는 간이 커졌는지, 아버지를 더욱 난처하게 했다. 그 때문에 엄마까지 곤혹스러워했다.

"순화 니, 고 말버르장머리가 머시냐?"

엄마가 화를 내자 아버지가 말렸다.

"아니시, 다 나 잘못인 거 안께 순화 나무랄 거 없네. 나가 다 설명할라네. 순화야, 잘 들어 봐라. 그동안은 아부지가 입으로만 거짓 약속을 했당 거 안다. 그때는 느그 엄마가 하도 머시라 항께 마지못해 그랬던 것이고, 시방은 느들하고 한 약속인디 나가 어치께 안 지킬 수가 있었냐. 긍께 시방은 틀림없응께, 지나간 구닥다리 이야그는 안 했으면 좋겠다."

"참말이재요?"

우아! 아버지가 변하고 있었다. 아니, 벌써 변했다.

"암만, 참말이재. 준호까정 듣고 있는디 나가 안 지키먼 아부지가 아니재."

아버지가 이러는 건 처음이었다. 우리 아버지가 아닌 것만 같았다. 그래서 나도 용기를 내어 입안에서만 맴돌던 말을 꺼냈다.

"근디 아부지는 돼지 장사를 언제꺼정 하실 거래요? 농사만 지으면 술 마실 일이 없을 건디요."

"야들이, 술 끊었다는디 여적 그 소리여!"

아버지가 역정을 냈다.

아뿔싸! 내가 어쩌자고 이런 실수를……. 그냥 참았어야 하는데……. 뒤늦게 후회가 밀려왔다. 나는 입을 꽉 다물었고, 순화는 자루 옆으로 얼른 주저앉아 고구마 줍는 시늉을 냈다.

그러자 엄마가 나서서 아버지를 달랬다.

"아이고, 어린것들이라 기분이 들떠서 천지 분간을 못요. 당신이 이해하씨요."

"험! 크음!"

아버지는 그마저도 못 들은 척 목청만 가다듬었다. 괘씸하지만 한 번은 봐준다는 뜻 같았다.

엄마가 순화와 나를 꾸짖었다.

"니들은 언제나 철들래? 아무리 어려도 그라재, 어치께 그렇게 생각들이 없냐. 우리 다섯 식구가 누구 땜시 이만큼이라도 사는디. 다 느그 아부지가 돼지 장사라도 하시는 덕 아니냐. 아부진들 냄새나는 그 일이 하고 잡어서 하시는 줄 알어, 이 철딱서니들아! 다시는 그딴 말 말고 아부질 존경해야 써. 느그 아부지 같은 사람이 세상천지에 또 어디 있간디! 알아들었재?"

"예에."

엄마는 얼토당토않은 말을 한 뒤 우리에게 대답을 강요했고, 지은 죄가 큰 순화와 나는 마지못해 대답했다. 그렇지만 아버지를 존경하라고 강요하는 것은 심했다. 그런 면에서 엄마도 아버지를 닮아 가는 것만 같았다.

참, 나! 내가 어쩌다가 그랬을까. 후회스럽고 순화에게 미안했다. 순화와 나는 더 웃지도 않고 일에만 열중했다.

밭고랑이 하나둘 파헤쳐지고 고구마 자루가 즐비해지자 아버지와 나는 자루에 담긴 고구마를 집으로 져 날랐다. 집으로 옮긴 고구마는 안방 윗목에 만들어 놓은 대나무 발에 부렸다. 추운 겨울에도 얼지 말라고 고구마는 꼭 안방에다 보관했다. 원광이네와 봉호네는 마당 한쪽에 파 놓은 땅굴에다 저장했지만, 우리 집 마당은 지반이 물러서 땅굴을 파면 안 된다고 했다.

고구마는 겨우내 우리 가족의 입을 즐겁게 하는 간식거리다. 판구 형네는 밥 대신 고구마를 먹는 날도 있다는데, 우리 집은 밥 대신 고구마를 먹은 적은 없었다. 엄마 말마따나 아버지가 돼지 장사를 한 덕인지도 몰랐다.

"빠앙, 빵빵."

준영이 형은 날이 어둑해서 돌아왔다. 판구 형의 경적 소리도 오랜만에 들은 것 같았다. 고등학교 입시를 앞두고 늦게까지 공부하는 준영이 형은 요즘 몹시 지쳐 보였다.

"다녀왔습니다."

"아이고, 심들지야! 배고픈디 밥부터 묵자."

엄마가 형을 가장 안쓰러워했다. 아버지는 고개만 끄덕이며 형의 인사를 받았다.

"큰오빠!"

순화는 부엌일을 거들다 말고 준영이 형을 반겼다. 익살맞은 순화의 표정에 준영이 형이 배시시 웃었다. 순화는 분명 우리 집 활력소다. 나는 준영이 형의 가방을 받아서 작은방에 갖다 놓았다.

준영이 형은 손을 씻고 나서 우리가 고구마 캔 것을 알고는 무척 미안해했다.

"감재 캐셨네요. 못 도와드려 죄송해요."

"먼 소리다냐. 넌 공부해야재. 이깐 감재 캐는 일이 머시가 심들다고……. 넌 이른 일 당최 안 해도 쓴다. 시험도 얼마 안 남았응께 집안일은 싹 다 잊어불고 공부만 혀라."

결석으로 분란을 일으킨 준영이 형이 미울 법도 한데, 아버지는 그런 기색이 없었다.

"아닙니다. 아버지 어머니 고생하시는디, 저도 거들었어야지요."

"야가 됐당께 꼭 그러네."

하여튼 준영이 형도 고집 하나는 알아줘야 한다. 그냥 예,

하고 지나가면 될 일에 쓸데없는 고집을 부려 여러 사람 피곤하게 했다. 가만 보면 준영이 형은 공부하는 머리는 좋은데 눈치 보는 머리하고 말대꾸하는 머리는 아주 나쁜 것 같다.

우리 가족이 밥상에 둘러앉았을 때, 마을로 승용차 한 대가 들어왔다. 마을 안까지 승용차가 들어오는 건 명절 때나 있을까 말까 할 정도로 드문 일이었다.

승용차는 우리 집 앞을 지나쳐 반산 할매 집 앞에 멈추었다. 알고 보니 주미 아버지 차였다. 명절도 아닌데 주미 아버지가 서울에서 내려온 것이다. 양복 차림에 넥타이를 맨 주미 아버지는 언제 봐도 멋있었다.

나는 밥을 먹으며 낮에 있었던 일을 이야기했다.

"참! 어뜬 아줌니가 주미를 찾아왔든디요. 근디 주미가 싫다며 피해 부렀당께요."

"주미 새엄만갑드라."

엄마는 대충 아는 눈치였다.

"새엄마요?"

순화와 나는 깜짝 놀라 동시에 물었다. 순화에게도 나에게도 새엄마라는 말은 낯설기만 했다. 준영이 형은 우리가 호들갑을 떠는 와중에도 영어 단어장을 펼쳐 놓고 중얼거리며 밥을 먹었다.

"아이고, 니들이 어려서 몰른 게 죄재. 죽은 엄마는 죽은 엄만께 주미 쟈가 받아들여야 쓸 것인디."

"그람 낳아 주지도 않은 아줌니를 엄마라고 불러야 쓴다고요? 난 싫어요. 어치께 그런데요?"

나보다도 순화가 더 예민한 반응을 보였다. 주미 일이 마치 제 일이라도 되는 것처럼.

"그랑께 문제다. 어린것들이라 받아들이기가 쉽지가 않은디, 글타고 젊은 주미 아부질 탓할 수도 없고."

"주미 언니 불쌍해서 워쩐디야? 좋은 옷 입는다고 부러워했드만, 인자 본께 불쌍허네. 글체, 짝은오빠?"

나는 고개만 끄덕였다. 어쩐지 요즘 주미 얼굴에 근심이 많아 보인다 싶었다.

얼마 안 있어 주미의 볼멘소리가 담을 넘어왔다.

"아, 싫다고욧! 난 아줌마 싫어요. 난 여기서 할머니랑 살래요. 아빠나 아줌마랑 서울에서 사세요. 난 상관 말라고욧!"

"어째 그렇게 네 멋대로야! 그만큼 알아듣게 말을 했으면 받아들일 줄도 알아야지."

주미 아버지도 소리를 빽 질렀다. 그러다 이내 잠잠해졌다. 주미 사정을 알아 버린 나는 주미가 안쓰러웠다. 교실 창가에 멍하니 앉아 있던 주미가 이해되었다.

상을 물리고 준영이 형과 나는 우리 방으로 들어왔다. 형은 또 책부터 펼쳤다. 책과 형은 실과 바늘보다 더 끈끈한 사이인 게 분명했다.

나는 자꾸만 주미가 안됐다는 생각이 들어서 형에게 이런 말을 했다.

"성, 주미가 참 안됐재이?"

"남의 일에 신경 꺼라."

준영이 형 대답은 이게 다였다. 정말 이기적인 사람이다. 옆집 주미 일을 남의 일이라고 무시하다니, 이럴 때 보면 형은 정이라고는 하나도 없는 사람처럼 뻣뻣했다.

"누가 신경 썼다고 긍가? 주미가 안돼 보잉께 글재."

"긍께 공부 방해 말고 니 일에나 신경 쓰란 말이다."

"하이고, 알았네. 난 잘랑께 성은 부지런히 공부나 하소."

"니도 공부 잔 해."

"됐네. 한 집에서 한 사람만 잘하면 되재, 멀!"

그때까지도 나는 원광이와 약속한 것을 까마득히 잊고 있었다. 주미 걱정하다가 정작 내 할 일을 놓친 것이다. 게다가 주미 아버지가 우리 집으로 오는 바람에 나는 약속을 되새겨 볼 기회마저 날렸다.

"성님 계시오?"

주미 아버지 손에는 술병과 과일 바구니가 들려 있었다.

"어서 오소."

아버지와 엄마가 안방 문을 열고 나와 주미 아버지를 맞았다. 준영이 형과 나도 마루로 나가서 인사했다.

"안녕하세요?"

"그려, 성님네 두 아들놈들 잘 있었냐? 준영인 여전히 공부

잘허고?"

"예."

"그래야재. 열심히 해서 꼭 성공해야재. 그래야 아버지 어머니 고생에 보답하는 거재."

주미 아버지는 준영이 형의 머리를 쓰다듬고는 안방으로 들어갔다.

그렇지만 오늘만큼은 주미 아버지가 우리에게 반가운 손님이 아니었다. 주미 아버지 손에 들린 술병을 본 순간부터 주미 아버지는 불청객이었다. 반가움은 반감되고 괜시리 부아가 치밀었다. 그런데도 엄마는 개의치 않고 술상을 차렸다. 제 방에 있던 순화는 실망감과 불안감을 그대로 드러내며 뾰로통해서 우리 방으로 건너왔다.

"오빠들, 아부지 술 마시겠재?"

굳이 대답이 필요한 질문도 아니었다. 그 뻔한 사실에 우리 삼남매는 앞으로 닥쳐올 불행을 걱정했다. 엄마가 과일을 가져다 줘도 선뜻 먹지를 못했다. 주미 아버지가 가져온 과일이라서 입맛도 당기지 않았다.

"밸일 없을 것잉께 걱정들 말고, 과일 묵음서 공부나 히라."

엄마 말도 곧이들리지 않았다. 우리 삼남매는 술과 아버지를 너무나 잘 알기 때문에 언제 어떻게 피해야 할지 미리 계산해 놓아야 했다.

불행을 예견하면서도 피할 방법을 못 찾는 것처럼 두려운

일도 없을 것이다. 재깍재깍 들려오는 초침 소리마저 시한폭
탄이 터질 시각을 알리는 것처럼 느껴졌다.

"아부질 믿어 보자."

긴장한 나머지 머리가 지끈거릴 지경이 됐을 때, 책만 펴
놓고 앉아 있던 준영이 형이 갑자기 이렇게 말했다.

"흐으."

나는 숨소리를 크게 내며 고개를 저었다. 순화도 준영이 형
을 노려보았다. 이상한 사람이 아니고서는 절대 그런 말을 할
수 없기 때문이다. 그런데 준영이 형은 슬쩍 웃는 여유까지
부리며 우리에게 같은 말을 되풀이했다.

"믿어 보장께."

솔직히, 믿는 척이라도 하자는 말로밖에 들리지 않았다. 순
화와 나는 마주 보며 눈만 끔벅거렸다.

'성이 이상한갑서야.'

'이이, 맛이 갔는갑서.'

그런 눈빛을 주고받았다. 그러다 순화가 뚱해서 마음의 소
리를 드러냈다.

"큰오빤 술상을 보고도 그런 말이 나온가."

나도 얼른 거들었다.

"맞어. 어치께 멀 믿자는 경가?"

준영이 형은 자리를 고쳐 앉았다.

"잘 들어 봐라이. 주미 아부진 혀 꼬부라진 소린디 우리 아

부진 아니잖여. 그거이 술 안 드셨다는 징거 아니고 머겄냐."

들고 보니 그럴싸했다. 그러니까 준영이 형은 여태 책상 앞에 앉아서 어른들 이야기를 엿듣고 있었던 거다.

나도 순화와 함께 신경을 곤두세우고 안방에서 들려오는 말소리에 귀를 기울였다. 주미 아버지는 비슷한 말을 자꾸 되풀이했고, 우리 아버지는 그 말을 다 받아 주고 있었다.

"이섭이 성님, 성님은 어떻게 가정 교육을 시켰기에 아그들이 다 한결같이 반듯하다요? 인물들도 잘났지, 공부 잘하지, 집안일 잘 돕지, 뭐 하나 빠지는 것 없이 말이요. 나는 성님이 부러워 죽겄소. 나는 겨우 딸 하나 있는 것도 제대로 건사를 못해 이 모양인데……."

"아이고, 자네는 벨 소리를 다하네. 주미 쟈가 한창 반항할 나이잖은가. 글고 아직은 새엄마를 받아들이기는 심든 아그재. 게다가 성제간도 없다 봉께 외로워서 더 그럴 것이여. 긍께 나 생각은 시간을 더 줘야 쓰겄다 싶은디. 당분간은 여그다 두는 편이 더 낫지 않겄는가. 반산 아짐도 덜 적적하고."

"모르겄소, 왜 이렇게 내 속을 몰라주는지. 몰겄소, 난. 몰겄소."

주미 아버지는 혀 꼬부라진 소리로 횡설수설했다. 하지만 우리 아버지 목소리는 조금도 흐트러짐이 없었다.

밤늦게까지 신세 한탄을 늘어놓은 주미 아버지는 몸도 제대로 가누지 못할 만큼 고주망태가 됐다. 그래서 우리 아버지가 업다시피 부축해서 데려다 주었다.

주미 아버지는 서울에서 성공했다고 마을 사람들의 부러움을 샀지만, 마음속에는 이런 큰 아픔이 있었다.

주미한테는 미안한 일이지만, 우리 삼남매는 얼마나 행복했는지 모른다. 순화와 나는 술에 취해 비틀거리는 주미 아버지를 보면서 터져 나오려는 웃음을 참느라 얼굴이 빨개질 지경이었다.

"그람 못써!"

엄마가 꾸짖어도 우리는 웃음을 쉽게 그칠 수가 없었다.

그 밤에 원광이와 봉호가 왔다가 그냥 돌아갔다는 건 이튿날에야 알았다. 그리고 내가 굳이 변명하지 않아도 나를 이해해 주는 원광이와 봉호가 고맙기만 했다.

10
뒷산에 올라

가을이 깊어지면 아이들은 알밤을 주우러 산에 올랐다. 겨울에 대비해 땔나무를 하기 위해서도 산에 올랐다. 하지만 나는 돼지를 지켜야 할 때가 많아서 산에 오르는 일은 별로 없었다. 그래도 원광이와 봉호가 내 몫의 알밤을 꼭 챙겨 줘서 입이 심심하진 않았다.

우리 집에서는 순화가 밥 위에 알밤을 올려서 쪄 낼 때가 많았다. 나는 찐밤보다 군밤이 더 좋았지만, 다른 식구들은 검댕이 묻는다고 군밤을 썩 좋아하지 않았다. 그래서 다른 식구들 입맛 맞추느라 군밤보다 찐밤을 자주 먹는 게 불만인 나는 종종 혼자서 아궁이 숯불에다 구워 먹곤 했다. 한번은 마음이 급해서 칼집을 내지 않고 굽다가 알밤이 뻥뻥 소리를 내며 터지는 바람에 엉덩방아를 찧으며 식은땀을 흘리기도 했다.

그때 아버지는 나에게 이렇게 말했다.

"아무래도 짝은놈은 불하고 상극인갑다."

내가 이장 아저씨네 짚단에 불을 냈던 일을 두고 하는 말 같아서 나는 얼굴이 화끈거렸다. 어쩌다 한 번 실수했을 뿐인데 두고두고 떠올리게 해서 못마땅했지만, 시간이 더 지나면 나아질 테니까 크게 마음 쓰지 말자고 생각했다. 시간은 기억을 무디게도 하고 지워 버리기도 하는 마력이 있기 때문이다.

우리 집은 아버지가 짬짬이 땔나무를 해 왔기 때문에 땔감 걱정은 별로 하지 않는 편이었다. 그런데 주미네는 사정이 달랐다. 반산 할매가 땔나무를 해 오는 것도 아니고 깍쟁이 주미가 하는 것도 아니어서 언제나 땔나무가 간당간당했다. 반산 할매 수완으로 다른 집에서 조금씩 얻어다 때거나 장날 읍내에서 사다가 때는 게 전부였기 때문에, 땔나무가 늘 여유가 없었다. 주미가 마음만 고쳐먹으면 자기네 집 땔감 정도는 해결할 수 있을 텐데, 주미는 처음부터 그럴 생각이 없는 아이였다.

뒷산에 오르면 발아래 펼쳐진 마을이 손바닥보다 작게 느껴졌다. 어쩌다 들판에 나와 있는 사람은 까만 점 하나가 움직이는 것처럼 보였다.

마을 뒷산 너머에는 남쪽으로 바다도 있다. 솔숲 사이로 드넓게 펼쳐진 바다는 하늘과 맞닿아 있었고, 어디까지가 바다이고 어디까지가 하늘인지 구분하기가 쉽지 않았다. 그 바닷가에는 큰 마을도 있다. 바다 일을 업으로 하는 어촌이다. 마을 이름은 '풍해'였지만, 우리 마을에서는 '등 너머 마을'이라 일컬었다. 그래서 거기 사는 아이들도 '등 너머 아이들'로 통했다.

그런데 그 마을 아이들은 이제 우리 학교로 다니지 않는다. 얼마 전까지는 우리 마을까지 잿등을 넘어와서 우리 학교에 다녔는데, 해안가로 넓은 도로가 나면서 면 소재지에 있는 학교로 전학을 해 버렸다. 그래서 지금은 '등 너머 아이들'이라는 말도 잘 쓰지 않는다.

그때가 작년 이른 봄이었다. 전교생이 운동장에 모인 월요일 조회 시간에 교장 선생님이 '등 너머 아이들'을 모두 교단 앞으로 나오게 하더니 '등 너머 아이들'이 전학한다는 소식을 전했다. 그리고 조회가 끝나자마자 '등 너머 아이들'은 그동안 정들었던 학교를 떠났다.

우리는 교문 앞까지 배웅했고, 떠나는 아이들은 몇 번이고 뒤돌아보며 손을 흔들었다. 내 친구들 병구, 완주, 형근이, 정옥이, 길미, 또 혀가 짧아서 말을 더듬던 정빈이도 그때 전학 갔다. 그 친구들은 다들 잘 지내고 있는지, 바다를 볼 때면 생각이 났다.

그 친구들이 전학 간 면 소재지에는 중국집도 있고, 텔레비전이나 라디오를 고쳐 주는 전파사도 있고, 명찰을 자수로 찍어 주는 마크 사도 있었다. 준영이 형과 판구 형이 다니는 중학교도 거기에 있고 농협 구판장도 거기에 있었다.

그리고 전파사 아저씨는 우리 엄마의 먼 친척이었다. 그래서 우리 집 중고 텔레비전과 라디오도 주로 거기에서 샀다. 아버지가 술만 마시면 박살 내는 통에 모르긴 몰라도 우리 집이 그 전파사의 가장 큰 손님이었을 거다. 나는 엄마를 따라 그 전파사에 간 적이 있는데, 그때 짜장면을 처음으로 먹어 봤다. 여태껏 짜장면을 먹어 보지 못한 원광이와 봉호는 그때 나를 무척이나 부러워했다.

"먼 맛이든?"

"어찌든? 짱깨는 입에서 살살 녹는담서. 참말이든?"

그런 면에서 원광이와 봉호는 나보다 더 촌놈들이었다.

어쨌거나 나는 전파사 아저씨의 덕을 본 셈이다. 하지만 내가 준영이 형보다 공부를 게을리한다고 엄마가 이런 말을 하는 건 몹시 섭섭했다.

"닌 암만 봐도 공부하곤 담 쌓은 성싶은디, 정 공부가 싫으면 전파사 아재 밑에서 기술이나 배워라. 그거이 비싼 돈 들여 학교 다니는 것보다야 훨씬 안 낫겄냐."

아직 초등학교도 졸업하지 않은 나에게 기술이나 배우라고 하다니……. 준영이 형하고 너무 차별하는 것 같아서 엄마가 짜장면 사 줄 때 고마워했던 마음이 싹 가셔 버렸다. 그때 만약 준영이 형이 나를 두둔해 주지 않았다면 나는 아마 두고두고 엄마를 원망했을지 모른다. 그만큼 나한테는 큰 충격이었으니까.

"어머니, 준호 쟈 머리가 얼마나 좋은디요. 그리고 공부할
만큼은 지가 다 알아서 항께요, 걱정 안 하셔도 됩니다."

솔직히 말하자면, 준영이 형 말마따나 나는 내 머리가 꽤
좋다고 믿고 있다. 또 언제든 마음만 먹으면 공부쯤이야 잘할
자신도 있다. 그래서 장래 꿈이 대통령이 아니던가. 그런데 엄
마는 그런 아들의 깊은 속을 몰라도 너무 몰랐다.

땔나무를 할 때는 죽은 나뭇가지나 마른 솔가리를 모아야
하기 때문에 산속 깊이까지 들어가야 했고, 때로는 마을에서
한 시간쯤 떨어진 산까지도 가야 했다. 죽은 나뭇가지와 마른
솔가리를 찾기가 그만큼 힘들었다. 그래도 원광이, 봉호와 함
께 다니면 힘들기보다는 즐거웠다.

그리고 이건 어른들이 알면 큰일 날 일급비밀인데, 우리 셋
은 생솔가지를 낫으로 쳐서 풀숲에 감춰 놨다가 마르면 죽은
가지와 섞어서 가져오기도 했다. 그 방법은 봉호가 생각해 냈
는데, 들키면 큰일이어서 자주 써먹지는 않았다.

오늘은 산에서 내려오다가 반산 할매를 만났다. 반산 할매
는 땔감이 많이 급했는지 아직 마르지도 않은 풀을 낫으로 베
고 있었다.

"할매! 여그서 머 한다요?"

"이, 니들은 벌써 한 짐씩을 했구나."

근처에 주미도 있나 살펴봤지만 주미는 없었다.

"워매! 풀은 어따 쓰게요?"

"저닉 땔감이 똑 안 떨어져 부렀냐."

"근다고 생풀을 때게요?"

반산 할매의 낯빛이 궁색하게 변했다. 서울에서 성공한 아들 때문에 언제나 당당하던 얼굴이 아니었다.

"아들 돈 많은 게 먼 소용이다요. 어미는 혼자 힘든디."

언젠가 엄마가 아버지에게 하던 말이 생각났다.

나는 반산 할매가 측은하게 느껴졌다. 원광이와 봉호도 나와 비슷하게 느끼는 것 같았다. 그러다 마음 씀씀이가 넉넉한 원광이가 먼저 반산 할매의 손을 이끌었다.

"할매, 우리랑 그냥 가요."

"그래요, 할매. 우리랑 같이 가요."

봉호와 나도 주저하지 않고 원광이 말에 따라, 극구 싫다는 반산 할매의 손을 잡고 산에서 내려왔다.

우리 셋은 우리가 한 땔나무를 반산 할매네 부엌에다 부려 놓았다. 처음에는 아깝다는 생각에 망설였지만, 막상 그러고 나니 기분이 날아갈 듯 가벼워졌다.

반산 할매는 미안해서 어쩔 줄을 몰라 했다.

"내일 장에 가서 사도 된디 그냐."

"됐당께요."

"야들이 왜 근다냐. 이라믄 쓰간디. 안 딘다, 이라믄 나가 너무 염치가 없재.”

“안 그래요, 할매. 우리는 후딱 가서 다시 해 오면 된당께요.”

“그래도 그거이 아닌 것인디. 아짐찬 하긴 한디, 나가 너무 염치가 없그마. 그럼 이거라도 먹음서 가그라.”

반산 할매는 계속 미안해하며 살강에서 곶감을 꺼내 하나씩 나눠 주었다. 반산 할매가 몹시 아껴 먹는다는 귀한 곶감을 우리에게 준 것이다.

우리 셋은 기쁜 마음으로 곶감을 조금씩 아껴서 뜯어 먹으며 다시 산에 올랐다. 어둑할 때까지 땔나무를 해야 했지만 자꾸 키득키득 웃음이 날 만큼 즐거웠다. 자면서도 뿌듯했다. 그런 기분 처음이었다.

그런데 생각지도 못한 약점을 주미에게 잡혀 버렸다.

그 이튿날, 학교에서 집으로 돌아올 때였다.

“너희들 생나무를 벴더라?”

그런 난처한 일도 없었다. 머리끝이 쭈뼛, 생각은 멍!

분명 좋은 일을 했다고 생각했는데, 우리가 참 대견스럽다고 생각했는데…… 절대로 남이 알면 안 될 비밀이 다른 누구도 아닌 주미에게 들통 나고 말았다. 앞일이 아득했다.

“야, 그거는…….”

우리 셋 다 뒷말을 잇지 못했다. 서로 눈치만 보면서 꿀 먹은 벙어리처럼 주미와 마주했다. 주미에게 변명 따위는 통하지 않았다. 우리 셋은 구차한 꼴로 주미의 처벌만 기다리는 형국이었다.

"그렇다고 쫄 것까진 없어. 난 입이 아주 무겁거든."

얄미워도 그렇게 얄미울 수가 없었다. 주미는 우리 셋을 들었다 놓았다 하고 있었다. 자기네 집 급한 땔나무를 해결해 줬는데, 고마워하기는커녕 오히려 우리 약점을 이용하려 하는 것 같았다.

"머, 그래서 어쩔 건디?"

원광이가 뾰로통해서 따졌다. 주미는 열쇠를 쥔 사람답게 여유로움을 잃지 않았다.

"나도 끼워 줘. 그럼 못 본 걸로 할 테니까."

"어딜?"

"머얼?"

나는 가만히 있는데 원광이와 봉호가 혹해서 물었다. 주미는 피식 웃으며 나를 바라보았다. 넌 궁금하지도 않니, 그러는 것 같기도 했다. 나는 아까 마신 분필 가루 때문에 콧바람을 실쭉 불었다.

주미는 입술을 실룩이더니 원광이 가슴에다 자기 책가방을 턱 안겼다.

"아직 끝난 거 아니다."

"어, 알어! 근디 그 말은 먼 말인디?"

원광이는 주미 책가방을 끌어안으며 주미 눈치를 살폈다.

조심스럽게, 그리고 아주 친절한 아이가 되어서 말이다.

주미가 이번에는 눈썹을 실룩하며 대답했다.

"너희들 산에 갈 때 끼워 달라고."

"왜애?"

주미의 말 상대는 원광이였다. 봉호와 나는 제삼자 처지가 되어 가만히 듣기만 했다. 그런데 주미는 갈수록 태산도 모자라, 갈수록 가관이었다.

"나도 나무 좀 하려고."

"니가?"

원광이는 자기 귀를 의심하는 듯 봉호와 나를 돌아보았다. 나는 고개를 좌우로 흔들어 보였다. 이해할 수가 없었기 때문이다.

"응. 나도 이제 너네들처럼 살아야지."

"심들 건디."

"알아들은 줄로 알겠어."

주미는 제 마음대로 결정하고 제 마음대로 우리를 따라나섰다. 우리 셋은 좋다 싫다 말도 못한 채 주미 하는 꼴만 지켜봐야 했다. 한마디로 주미는 얼렁뚱땅 우리한테 빌붙었다. 그러니 기대 밖인 것도 당연했고, 우리 셋에게 짐스러운 것도 당연했다.

주미는 도대체 할 줄 아는 게 하나도 없었다. 낫질도 서투르고, 지게질은 더욱 못하고, 해 놓은 나뭇가지를 옮기는 단순

한 일마저 어설프기 짝이 없었다.

"야, 닌 쩌만치서 쉬고 있어도 된당께."

오죽하면 말수 적은 봉호가 그랬을까.

"그럼 지게라도 잡아 줄까?"

주미는 몹시 멋쩍어했다. 그러자 원광이가 나서서 속 넓은 아이 흉내를 냈다.

"이, 그라믄 쓰겄네. 우리가 훨씬 편해질 거그만."

나무하러 갈 때마다 주미는 우리에게 불편을 끼쳤지만, 우리와 가깝게 지내려고 하는 건 반가웠다.

11
포근한 등

첫눈이 내렸다. 작년보다 열흘쯤 늦었다. 한밤중부터 내리기 시작한 첫눈은 다음 날 아침 발목이 푹푹 빠질 만큼 쌓였다. 아버지와 준영이 형은 마당과 집 앞에 쌓인 눈을 치웠고, 엄마와 순화는 하얀 눈을 보면서 아침을 준비했다. 나는 닭장지붕의 눈만 슬쩍 치우고는 안방으로 들어가 아랫목에 누웠다. 작은방은 새벽이면 불기운이 없어서 그런지 코감기에 걸렸기 때문이다.

"많이 아프냐?"

엄마가 걱정했다.

"콧물만 난께 괜찮해요."

순화는 뭐가 그렇게 재밌는지 키득거리다가 나를 놀렸다.

"엄마 아부지 이불에다 콧물 닦으면 못쓰네."

저야 기분이 좋아 그랬을 테지만 나를 놀리는 건 용서할 수 없었다. 그래서 순화가 무안해할 만한 말로 대꾸했다.

"나가 닌 줄 아냐. 아무 데다 콧물 닦게."

"나가 멀?"

역시나 순화는 발끈했다. 나를 놀려 봤자 늘 손해만 보면서도 순화는 가끔 나를 놀리려 들었다. 그러다가 내 말 한마디에 기분이 상해 약올라할 거면서.

"짝은오빠, 시방 머시라 했는가? 어?"

이럴 때 나는 못 들은 척해 버린다. 치고 빠지는 나만의 전술이다. 뭐 대단한 건 아니지만, 솔직히 싸움을 확대할 필요도 없을뿐더러, 먼저 화내는 쪽이 지는 셈이기 때문이다. 지금까지 경험에 비추어 보면 순화는 혼자 식식대다가 제풀에 지쳐 그만두게 돼 있었다. 동생한테 이기는 게 자랑거리는 아니지만, 그렇다고 오빠가 동생한테 지는 것도 썩 기분 좋은 일은 아닌 듯했다.

학교 갈 때는 두툼한 솜 점퍼를 꺼내 입었다. 건사를 잘못해서 쭈글쭈글하긴 해도 크게 밉상은 아니었다. 순화는 벙어리장갑에 목도리까지 친친 감았다. 감기는 내가 걸렸는데 엄살은 순화가 다 부렸다.

"나까정 감기 걸리믄 어짜지?"

한심한 걱정까지 덧붙였다. 이럴 때 내가 해 줄 말은 또 따로 있다.

"멀 어짜냐. 니 수다 한 방이면 감기가 얼씬도 못할 것인디. 따따부따, 따따부따, 그러면 감기가 사람 아닌갑다 싶어서 언능 도망 안 치겄냐."

"아앙! 짝은오빠!"

순화가 버럭 소리를 지르면서 나를 때려 보겄다고 짧은 팔을 치켜들었다. 이럴 때는 줄행랑이 상책이다.

"학교 가 붑니다."

"거기 안 서! 나도 학교 가요."

순화는 통통대며 나를 쫓아왔다. 엄마는 그러는 우리를 보면서 얼굴 가득 웃음을 지었다.

"자빠진디 조심혀!"

"걱정 마시랑께요. 자빠져도 안 아픈게."

"참말로 눈이 머시가 좋다고 저럴까이."

엄마는 눈이 원수 같을지 몰라도 나는 정말 눈이 좋았다. 이유 없이 기분을 좋게 해 주는 게 눈, 그 자체였다. 첫눈이라서 더 그랬다. 평소에는 치지 않던 장난까지 치게 되니 말이다.

나만 그러는 것도 아니었다. 여자아이들도 들떠서 안 웃는 애들이 없었다. 눈의 색깔이 하얘서 그런 것 같았다. 만약 눈 색깔이 검은색이었다면 과연 누가 좋다고 웃고 떠들까? 상상이 안 되었다.

학교 가자마자 눈 쌓인 운동장에서 공을 찼다. 바닥이 미끄럽고 공이 자꾸만 눈 속에 파묻혀 헛발질하기 일쑤였지만, 그

어느 때보다 재미있었다. 그 아침에 땀까지 삐질거렸던 아이들의 콧등은 막 익어 가는 딸기처럼 불그죽죽했다.

"느그들 그만 못해!"

다 밟아 버리면 눈 치우기 힘들다고 교장 선생님이 꾸중해도 그때 잠시뿐이었다. 바쁜 교장 선생님이 언제까지고 우리를 감시할 수는 없었다.

오후가 되자 칙칙했던 하늘이 활짝 열렸다. 푸른빛을 띤 하늘이 가을 하늘마냥 드높았다. 겨우 몇 시간밖에 지나지 않았는데 하늘은 금세 딴 얼굴을 했다. 하늘이 저렇게 변덕이 심하니, 사람들 변덕쯤이야 변덕도 아니지 싶었다. 그 변덕쟁이 하늘 때문에 눈은 금세 녹아 버렸고, 새하얗던 운동장은 황토색으로 지저분하게 변했다.

그다음 날에는 그마저도 사라져 눈이 언제 왔던가 할 정도였다. 겨울답지 않게 푸근한 날이 이어진 것이다.

그러나 세상 날씨는 푸근하지 못했다. 꽁꽁 언 얼음판처럼 차갑고 딱딱하고 또 무서웠다.

대통령이 죽고 국무총리가 대통령이 된 지 두 달이 되어 갈 무렵, '신군부'라 일컬어지는 군인들의 조직이 새 대통령을 물러나게 하고 우리나라의 모든 기관을 무력으로 장악해 버렸다. 그래서 세상은 다시 시끄러워졌다. 대통령이 죽고 그 충격이 채 가시기도 전에 '신군부'는 새 대통령을 하야시킴으로써 국민들을 또다시 비탄에 빠뜨렸다. 감히 쿠데타라는 말도 못 꺼내는 '쿠데타'였다.

아버지는 나라를 지켜야 할 군인들이 본분을 잊고 정치권력에 욕심을 냈다며 무릎을 툭툭 치면서 비통해했다.

"아이고, 참말로! 저 몹쓸 것들헌티 월급 줌서 이 나라를 맡겼으니 잘될 택이 있나. 국민들만 봉이재. 아이고, 추접어라."

그러면 엄마는 담 밖을 의식하며 아버지를 말렸다.

"그런 말 좀 그만하씨요. 누가 들을까 무섭소."

이럴 정도로 인심마저 흉흉했다.

이렇게 흉흉한 시국에 준영이 형은 광주로 연합고사를 치르러 갔다. 그동안 아버지와 준영이 형은 각각 광주와 순천에 있는 고등학교를 두고 저울질하다가 광주에 있는 고등학교를 선택했다.

학교 선생님과 함께 광주로 간 준영이 형은 여관에서 하룻밤을 자고 다음 날 시험장에 가서 시험을 치른 뒤, 밤이 꽤 늦어서야 집으로 돌아왔다. 먼 길을 다녀와서 그런지 긴장이 풀려서 그런지, 준영이 형은 곧 쓰러질 사람처럼 피로에 절어 있었다.

그 모습을 본 아버지와 엄마는 안쓰러워하며 쩔쩔맸다.

"어짜까이, 저리 심들어서! 그래도 밥은 묵어야재."

엄마는 싫다는 형을 붙들어 기어코 밥을 먹였다. 대단한 우리 엄마. 그 엄마의 밥을 저버리면 자식이 아니었다. 피곤해서 꾸벅꾸벅 졸지언정 밥은 꼭 먹어야 우리 가족의 평화를 지킬 수 있었다.

그런데 졸리고 피곤해서 겨우 밥을 먹은 준영이 형이 정작 잠자리에 들어서는 통 잠을 이루지 못했다.

"성은 왜 궁가? 차를 많이 타서 어지러워 그렁가?"

나는 그렇게밖에 생각을 못했다.

"아니."

"그믄, 시험을 잘못 봐 부렀는가?"

"그렁 거 아니래도."

"그라믄 먼디? 머시길래 사람을 그렇게 궁금하게 만들어 분가? 나한티도 말 못할 일이 생겨 붓는가?"

"아니, 그찮아. 나가 집 떠나믄 느그들 보고 잡을 것 아니냐. 아부지 어머니도 걱정스럽고."

"차암 나, 나는 또 먼 소리라고."

말은 이렇게 했지만, 준영이 형의 그 처지가 아프게 다가왔다. 혼자서 광주로 떠나 살아야 하는 준영이 형. 우리 가족은 형이 걱정인데, 준영이 형은 집에 남을 가족들을 걱정했다.

'지가 더 걱정이구만.'

그 밤에는 준영이 형이 아주 작은 나무처럼 여려 보였다.

둥지를 떠난 새라야 창공을 날 수 있고 부모 품을 떠나야만 큰사람이 된다는 아버지 말이 그날은 매정하게만 느껴졌다. 하지만 아버지의 깊은 뜻이 무엇인지, 누구를 위한 선택인지 우리는 알고 있었다. 그리고 그 뒤에는 아버지와 엄마의 고생과 희생이 뒤따른다는 것도.

시험을 치르고 온 바로 이튿날부터 준영이 형은 예전과 똑같이 새벽 일찍부터 책을 펴고 밤늦게까지 그 책 속에 얼굴을 파묻고 지냈다. 시험이 끝났으니 어지간하면 며칠 푹 쉴 법도 한데, 준영이 형은 그런 여유조차 부리지 못했다.

"성, 엥가이 좀 하소. 성은 공부가 질리지도 않는가? 사람이 여유라는 것도 있어야재. 성은 당최 여유가 없어서 나가 답답해 죽겠네. 성 땜시 나까지 사는 거이 퍽퍽해 분당께."

내가 일부러 이러면 준영이 형은 눈웃음을 지으며 내 옆구리를 쿡 찔렀다.

"알어. 그치만 인자는 도시 아들하고 경쟁해야 한디, 벌써 게으름 피우면 쓰겄냐. 갸들은 영어가 보통이 아닌디. 글고 공부 좀 한다는 아들만 모이게 생겼는디, 나가 시방 여유가 있겄냐. 지금까지는 우물 안 깨구락지였어야."

"아따, 성은 거까지 가서도 일등 해 불라고 긍가."

"그럼사 좋재만, 심들 것이야."

이렇게 말하고는 한숨을 섞었다. 준영이 형은 도시로 나가 공부하는 것에 내심 부담을 느끼고 있었던 거다.

"근다고 공부만 하지 말고 편진 꼭 써야 쓰네. 나도 순화랑 답해서 맨날맨날 쓸랑께."

"알았어야."

준영이 형과 나 사이의 대화는 날이 갈수록 분위기가 무거워졌다. 눈에 보이는 이별이 다가오고 있었기 때문이다.

그 무렵 겨울 방학을 했다. 나는 아침 시간에 쫓기지 않아도 되는 방학이 너무 좋았다. 그렇다고 일상이 크게 바뀌는 건 아니지만, 학교에서 해방된 기분에 제아무리 고달픈 일을 해도 피곤한 줄 몰랐다.

아버지가 돼지를 사 오는 날에는 돼지를 지키면 되고, 그러지 않을 때는 친구들과 산에 올라 나무 한 짐 해 오면 그만이었다. 순화는 밥 짓는 것 말고는 크게 하는 일 없이 주미 옆에 붙어서 팽팽 놀기 일쑤였다. 방학 동안 순화는 우리 집보다 주미네 집에서 지내는 시간이 더 많은 것 같았다.

다행히 주미는 예전보다 표정이 훨씬 밝아졌고 나하고 원광이, 봉호를 무시하지도 않았다. 하지만 나무해 오는 일에는 점점 게으름을 피우는 눈치였다.

"닌 인자 나무 안 하기로 했냐?"

원광이가 먼저 말을 하면,

"아니, 해야지. 같이 가."

하고 억지로 따라나서는 것 같을 때가 많았다.

"관둬라, 집에 나무 있으면."

"그럼 그럴까? 오늘은 좀 쉴까?"

기회다 싶으면, 은근슬쩍 뒤로 빼기도 했다.

그런데 그날은 무슨 바람이 불었는지, 순화랑 주미가 중심이 된 여자아이들이 등 너머 바닷가로 굴을 따러 간다고 했다. 순화는 소풍이라도 가는 아이마냥 한껏 들떠서 나를 귀찮게 했다.

"짝은오빠, 굴 겁나 따 불랑께 이따가 마중 와 줘야 쓰네. 큰오빠 공부해야 쓴께, 짝은오빠가 꼭 와야 쓰네. 알아들었재이?"

말투하며 억양이 별로 듣기 좋지는 않았다. 그래서 나는 대답보다 혼을 냈다.

"니가 누나 할래? 나가 동생 할랑께."

"먼 그른 호랭이 같은 말이 있당가?"

"니가 시방 말을 명령조로 안 했냐. 긍께 니가 누나 해야 안 쓰겄냐."

"아따, 짝은오빠 또 왜 근당가. 나가 언제 명령조로 말했다고. 난 짝은오빠가 이물없고 믿음직스럽게 그런 건디. 글고 난 짝은오빠가 우리 집서 젤 좋당께. 다 암서 근가."

알랑방귀 한번 참 날쌔게도 뀐다. 자기가 아쉽다는 그런 뜻이기도 했다. 그럴 때는 또 밉지가 않았다.

"니 진짜재? 니 낭중에 딴말하믄 못쓴다. 일기장에다 크게 써 놓을랑께."

"글소, 그게 머 어려운 일이라고."

그러고 보니 며칠째 일기를 빼먹고 있었다. 이러다간 일기장이 주기장으로 변해 버릴 것 같았다. 번뜩, 중요한 게 생각났다. 일기 내용이야 어떻게 끼워 맞춘다 해도 날씨만큼은 틀리면 안 되었다. 우리 최경숙 선생님은 꼭 날씨부터 확인하는 이상한 버릇이 있다. 그러니 나중에 순화한테 아쉬운 소리 안 하려면 최소한 날씨만이라도 적어 놔야 하는데, 까맣게 잊고 있었다.

'얼른 적어야지.'

그리고 생각난 김에 공책 표지에다 후딱 날씨를 남겼다.

메모, 메모.

그 습관을 들이려 해도, 나는 덤벙대는 성격이라 잘되지를 않았다. 메모 습관이 가장 큰 학습 방법이라는데, 이래서 나는 공부에 취미가 없다는 말을 듣나 싶었다.

내가 순화를 마중 나간 건 거의 점심때가 돼서였다. 그러고 보니 나는 어째 마중하고 인연이 많은 사람 같았다. 아버지 마중이 내 단골인데 순화까지 마중 가다니, 이건 저녁에 좀 따져 봐야 할 것 같았다.

우리 마을에서 등 너머 바다로 통하는 길은 제법 넓었다. 그것도 새마을 운동을 하면서 넓힌 길이었다. 한때는 그 길을 따라 등 너머 아이들이 우리 마을을 거쳐서 학교에 다녔다. 그때는 참 북적거렸는데, 지금은 거의 왕래가 없는 길로 변해 서 잊혀 가는 추억이 되었다.

나는 짐자전거를 타고 오랜만에 그 길을 달렸다. 잡초가 웃 자란 곳도 있고 지난여름 장마에 골이 파인 곳도 있었지만 나 는 큰 불편 없이 달렸다. 언덕길을 오르자 아래쪽으로 드넓은 바다가 펼쳐졌다. 온 세상을 감싸는 듯한 바다는 언제 봐도 가슴을 뻥 뚫어 주었다. 바다는 마치 내 친구 같았다. 내 얘기를 다 들어 줄 것 같고 내 마음을 의지할 수 있을 것 같았다.

언젠가 하늘을 날아다니는 꿈을 꾼 적이 있는데, 그때 내 몸 아래로 펼쳐졌던 바다 풍경이 지금 내가 대하고 있는 바다 풍경과 똑같았다. 그 꿈은 마치 현실처럼 참 오래도 내 기억 속에 남아 있었다.

나는 언덕에 자전거를 세우고 한참을 서 있었다. 나 혼자 바다와 산에 안긴 듯한 느낌이 좋았다. 나무도 바위도 어슴푸레한 풍해 마을 집들도, 아름답지 않은 게 하나도 없었다.

그런데 이 좋은 고향을 두고 준영이 형은 도시로 떠나야 한다. 그런 형이 안쓰러웠지만, 아버지 말처럼 큰사람이 되려면 어쩔 수 없다는 생각이 나를 짓눌렀다.

나는 준영이 형이 꿈을 꼭 이루기를 진심으로 바랐다. 그리고 아버지 엄마가 고생이 고생인 줄 모른다는 지금처럼 우리 가족이 항상 웃으며 지낼 수 있기를 바랐다. 그 바람은 아주 간절했다.

그런데 이런 생각들이 한편으로는 나를 울적하게 했다. 그럴 때는 하늘을 올려다보고 외쳤다.

"김준호 파이팅! 준영이 형 파이팅! 김순화 파이팅! 아버지 엄마 파이팅!"

그리고 나면 기분이 한결 편해지고 나를 짓누르던 생각들도 사라졌다.

문득, 풍해 마을 친구들은 어떻게 지내고 있을지 궁금했다. 병구, 완주, 형근이, 정빈이, 정옥이, 길미는 잘 있을까? 혹시 도시에 있는 학교로 전학 간 친구들은 없을까? 정빈이는 지금도 말을 더듬거릴까? 그리운 친구들을 우연히 이 길 어디에서 만나고 싶었다.

잔잔한 바다에 통통배 한 척이 나타났다. 배는 토옹토옹 소리를 내며 바다 위를 미끄러져 갔다. 바다에 물결이 일면서 하얀 선이 길게 그어졌다. 파란 색종이에 흰 물감을 그어 놓은 듯 선명하던 흰색이 차츰차츰 바다색에 녹아들었다.

그 통통배를 보고 있노라니 웃음이 절로 났다. 누가 지어낸 장난말이겠지만, 정빈이가 말을 더듬는 이유가 그 통통배 때문이라고 했다. 바닷가에 외따로 떨어진 집에서 태어난 정빈이는 걸음마를 떼기도 전부터 바다와 친해졌다. 걸음마도 바다한테 배우고 말도 바다한테 배웠다고 했다. 바로 토옹토옹하는 통통배에게 말이다. 그래서 말을 더듬거릴 수밖에 없었다는 얘기가 나돌았다.

그렇지만 정빈이는 친구들이 놀려도 화를 내는 법이 없었다. 오히려 자기에게 말을 가르쳐 준 바다가 고맙다고 두둔해서 곁에 있던 친구들이 한바탕 웃기까지 했다.

정빈이네 아버지와 엄마는 갑오징어를 참 많이도 잡았다. 제철이면 바닷가 바위에 즐비하게 널린 게 정빈이네 오징어였다. 정빈이는 잘 마른 오징어만 골라서 거의 매일 학교로 가져와 친구들에게 나눠 주곤 했다. 아이들은 턱이 아프다고 엄살을 부리면서도 줄기차게 오징어를 먹었다. 어쩌다 정빈이가 오징어를 가져오지 않은 날이면 입이 섭섭해서 정빈이 귀에다 대고 쩝쩝 소리를 내는 아이도 있었다. 그런데 이런 추억도 벌써 오래된 이야기가 돼 버렸다.

언덕에서 내려가는 길은 무지 울퉁불퉁했다. 나는 그 길을 브레이크를 잡은 채 달렸다. 온몸이 말을 탄 것처럼 출렁거렸지만, 스릴 만점이었다.

내리막길이 끝나면 풍해 마을과 바닷가로 갈라지는 삼거리가 나왔다. 나는 거기서 바로 핸들을 꺾어 바닷가로 향했다. 눈앞에 나타난 방파제 위로 순화와 주미를 비롯한 여자아이들이 벌써 걸어 나오고 있었다. 다들 머리에 굴 자루를 이고 있었다. 언덕 위에 너무 오래 머물러 있었나 보다. 순화의 원성이 느껴졌다. 그래서 페달을 밟는 다리에 더욱 힘을 주었다.

"아따! 짝은오빠야, 인자사 오면 어쩐당가. 오메, 무거워 디지겠는 거. 이거부터 언능 좀 받으소."

아니나 다를까, 순화의 첫마디가 이랬다.

"글케 되어 부렀다. 나가 염치없다."

나는 자전거를 세우자마자 얼른 순화 머리에 얹힌 굴 자루를 내려서 자전거에 실었다. 굴 자루는 생각보다 무거웠고 갯물이 줄줄 새어 옷자락에 묻었다. 짠 내도 훅 풍겨 왔다. 그런

128

데 순화는 내 뜻은 한마디도 묻지 않고 주미의 굴 자루까지 자전거에 실어 버렸다.

"자, 주미 언니 것도 항꾸 싣고 가소."

나는 아무 내색도 못하고 그 무거운 굴 자루 두 개를 실어 가야 했다. 늦은 벌을 받는 셈이었다. 하기야 그 무거운 것을 이고 나왔으니 화가 날 만도 했다. 그렇게 이해하고 나니 다른 여자아이들한테도 미안한 마음이 들었다. 그래서 나는 인심 한번 크게 쓰기로 했다.

"언능 갖다 놓고 또 올랑께, 느그들도 여그다 내려놓고 기다려라이. 너무 오래 이고 있으면 모가지 들어가서 못쓴다 안글든."

"진짜재?"

여자아이들은 마치 환호하듯 이구동성으로 내 말을 받았다. 처음부터 이렇게 되기를 기다렸나 보다. 내가 먼저 인심 쓰지 않았다면 졸지에 인정머리 없는 놈이 될 뻔했다. 그런 눈치가 내 선견지명은 아닌지, 괜한 뿌듯함까지 느꼈다.

그런데 이번에도 나는 약속을 지키지 못했다. 왜 약속만 하면 이런지 알다가도 모를 일이었다. 순화 오빠 노릇 한번 제대로 하고 여자아이들한테도 좋은 말 좀 실컷 들어 보려 했는데, 오히려 실없는 사람이 되고 말았다.

마음이 급한 나는 엉덩이를 들고 서서 실룩거리며 페달을 밟아 언덕길을 내달렸다. 오르막은 무척 힘들었어도 넘어지는 불상사는 없었다. 문제는 내리막이었다. 오르막에서 힘을 뺀 나머지 숨을 고르느라 잠깐 방심한 것이 그만 사고로 이어졌다.

내리막길을 거의 다 내려와서 마을 어귀에 다다랐을 때였다. 자전거 앞바퀴가 돌멩이를 치고 비틀거리는 바람에 중심을 잃은 나는 그대로 나자빠지고 말았다.

"어! 아악!"

어떻게 해 볼 새도 없었다. 나는 자전거를 붙잡은 채로 넘어져 몸의 일부가 자전거 밑에 깔렸다. 하필 그때 판구 형이 자동차 소리를 내며 뛰어다니고 있었다.

"부웅, 붕붕, 뛰뛰 빵빵!"

그러다 나를 본 것이다.

어찌나 창피하던지, 나는 얼른 일어나려고 양팔을 땅에 짚고 힘껏 힘을 주었다. 그때였다. 엄청난 통증이 내 몸을 짓눌렀다.

"아아악!"

나는 다시 고꾸라져서, 이번에는 가슴을 땅에 대고 처박혔다. 온몸으로 통증이 번지고, 식은땀이 송골송골 맺혔다.

"얀마, 먼 일이여?"

그제야 심각한 상황을 깨달은 판구 형이 놀라 뛰어왔다.

"아, 몰러. 죽을 거 같어."

나는 몸보다 목소리가 더 죽어 갔다. 이렇게 말할 힘조차 없기는 처음이었다.

"움직이지 말고 가만있어 부러."

"으이, 으윽!"

판구 형이 자전거를 일으켰다. 나는 몸을 웅크리며 일어나 앉았다. 그런데 왼쪽 팔꿈치가 너무 아파서 움직일 수가 없었다. 오른손으로 왼팔꿈치를 꽉 잡고 간신히 일어났다.

"아아, 아아아!"

너무 아파서 마구 눈물이 솟았다. 걸을 기력조차 없었다.

"안 되겠다. 넌 여그서 잠깐 지둘려라. 나가 언능 어른들 모세 올랑께."

판구 형은 자기 혼자서는 안 되겠다고 생각했는지, 나를 그 자리에 놔두고 자기만 뛰어가 버렸다. 나는 그게 더 서럽고 더 아팠다.

"판구 성아, 같이 가. 아아, 아아아!"

"……."

"같이 가자안께."

소용없었다. 내빼기 선수인 판구 형은 벌써 마을로 들어서고 있었다. 얼마 뒤 아버지와 엄마가 뛰어왔고, 준영이 형은 마을 회관으로 가서 전화로 택시를 부른 다음에 뛰어왔다.

판구 형이 무슨 거짓말을 더 보탰는지 엄마 얼굴은 사색이 되어 있었다.

"아이고, 먼일이디야? 아이고 내 새끼 어짜끄나!"

"안 되겠다. 언능 빙원부터 가야재."

아버지가 나를 등에 업었다. 준영이 형이 택시가 곧 올 거라고 해도 아버지는 막무가내로 나를 업은 채 신작로로 나섰다. 나는 아버지 등에 따개비처럼 엎드렸다. 걸음을 재촉하는 아버지 등에서 땀내가 번져 나왔다. 우리를 측은하게 지켜보면서 엄마는 울었고, 준영이 형은 엄마를 부축했다.

다친 왼팔은 너무 아팠지만 아버지 등은 푹신하고 포근했다. 처음이었다. 아버지 등에 업혀 본 건. 준영이 형도 순화도 아버지 등에는 업혀 보지 못했다. 나는 정신이 가물가물한 상태에서도 그 생각을 했다. 눈물도 많이 흘렸지만, 꼭 통증 때문은 아니었다. 감격의 눈물도 분명 섞여 있었다. 나는 아버지의 포근한 그 등을, 아버지의 땀내를 영원히 잊지 못할 것 같았다.

학교와 우리 마을 중간쯤에서 택시를 만났다. 아버지는 택시 안에서도 운전사에게 빨리 가자고 재촉했다.

병원에서는 엑스레이를 찍고 주사를 맞고 깁스를 했다. 깁스를 하기 전에 의사는 내 왼팔을 마구 주물렀다. 어찌나 아프던지, 나는 그때 정말로 죽는구나 싶었다. 비명도 엄청 크게 질렀다. 아버지가 참으라고 해서 참으려 하는데도 소리가 저절로 나왔다.

12
광주로 가는 형

　내가 할 수 있는 일은 닭 모이 주는 것과 달걀 꺼내 오는 것이 고작이었다. 그래도 한쪽 팔로만 감당하기가 쉽지 않았다. 그때 나는 두 팔의 소중함을 깨달았다. 그동안은 당연하게만 여겼을 뿐인데, 막상 한쪽 팔을 다치고 나니 두 팔이 다 있어야 한다는 것을 알 수 있었다. 그리고 아버지의 등이 따뜻하다는 것도 가슴 뭉클하도록 깨달았다.

　그런데 아버지는 왜 평소에는 우리에게 그런 사랑을 주지 못하는 걸까? 가만 보면 우리 아버지만 그러는 것도 아니었다. 우리 마을 아버지들 모두가 다 자식 사랑을 표현하는 데 서툴러 보였다.

　일상으로 돌아온 아버지는 여전히 무뚝뚝하고 근엄하기만 했다. 언제 나를 둘러업고 달음질쳤나 싶을 정도였다.

"짝은놈은 집에만 있어라. 다친 팔 자주 움직여서 좋을 거 없응께."

"예, 아부지."

나는 풀이 죽어 대답했다. 가만 내버려 두면 알아서 할 수 있는 일을 아버지가 지나치게 간섭하는 것 같았다.

"성, 아부진 왜 근당가? 난 암시랑도 않은디."

내 불편한 심기를 들어 줄 사람은 준형이 형밖에 없었다. 그런데 이번에는 준영이 형마저 뚱딴지같은 소리를 했다.

"닌 행복한 줄이나 알어야."

"머시가 행복이당가. 사람이 식충이처럼 암것도 못허는디. 글고 환자 취급을 할라믄 아예 상전처럼 받들어 주등가 해야지, 이건 사람도 아니고 환자도 아니랑께. 머시냐 거, 죽도 밥도 아닌 것 같어."

"짜석이 터진 입이라고 까불긴."

여지없이 꿀밤이 날아왔다. 여느 때 같으면 잽싸게 피했을 텐데, 깁스한 팔 때문에 피하지도 못하고 당했다.

"아이, 아니네……."

그래서 따질까 하다가, 나만 더 당할 것 같아서 얼른 입을 다물었다.

"이럴 때 책이나 부지런히 읽어. 얼매나 좋으냐. 아프다는 핑계로 공부 실컷 하믄."

내가 말을 말아야지 싶었다.

"나가 머 누구처럼 공부에 환장한 줄 아능가. 난 능력이 출중해서 공부 같은 건 안 해도 다 출세하게 돼 있응께, 나까정 공부에 끌어들이지 마소."

"으이그, 저 청승 어따가 쓸 끄나이. 닌 만담꾼이나 돼라. 글먼 성공은 하겄다."

"알았네, 나가 다 알아서 할람만. 그건 그렇고, 아부지 안 계실 때는 일을 쪼까 해야 할 거 같어. 몸이 일 체질이라 그런지 엥가이 좀이 쑤셔야 참아 보든 하재. 죽었네, 죽었어. 긍께 성은 나를 이해해야 쓰네. 몰래몰래 마당 쓸고 산에도 살짝만 댕게올랑께."

"니 그렇게 좀이 쑤시냐."

"글탕께. 이 깁스를 하루에도 수십 번씩 톱으로 짤라 내고 싶당께."

"그 심정 알긴 알겄는디, 영 거시기허다. 아부지가 절대 용납하지 않을 것인디, 어짜재?"

"긍께, 왜 아부진 용납을 안 한당 것인가?"

준영이 형은 앉은뱅이책상을 뒤로 밀며 자세를 고쳐 앉았다. 이럴 때는 얼굴 표정이 바뀌었고, 실제로 뭔가 심각한 이야기를 했다.

"니는 모르는 우리 집 비밀이 하나 있는디, 지금 말해 줄랑께 잘 새겨들어라이. 니 말고 나한테는 남동생이 하나 더 있었어야. 근디 갸가 돌도 지나기 전에 갑자기 죽어 부렀다. 참,

그때 넌 엄마 배 속에 있었다고 글드라. 엄마 배가 쩌기 저 앞 산맹키 뿔룩했었응께."

준영이 형 바로 밑으로 남동생이 있었다는 이야기는 처음 들었다.

"아따, 성은 시방 먼 말이당가? 알아들을 수가 없잖애."

"니는 이럴 때 꼭 돌대가리 같애야. 머시가 못 알아듣냐. 다시 설명할랑께 잘 들어. 인자는 니가 이해 못해도 기냥 넘어간다잉? 내 밑으로 니보다 먼저 태어난 니 작은 성이 있었는디 돌도 되기 전에 죽어 부렀다 이 말이다, 시방."

"아따, 사설 한번 디게 기네. 다 됐고, 긍께 성인가 머시긴가가 왜 죽었냐고."

"이 짜석이 니 짝은성한테 머시긴가가 뭐여? 칵! 기냥 쥐패 불랑께."

"알았네, 그거는 나가 잘못했네. 그치만 실감이 안 난께 그럴 수도 있지 않겄는가. 그 정도는 성이 좀 이해를 해 줘야재. 안 근가?"

"짜석이 이럴 땐 꼭 어른 같애. 속이 디게 깊어 뵌당께."

"아따, 성! 또 사설 늘어놓을라 긍가? 다 빼고, 짝은성이 왜 죽었당가?"

"그거야 아퍼서 그랬재. 어린것이 갑자기 몸에 열이 나서 아부지가 업고 읍내 한약방까지 뛰어갔는디, 그만 중간에 죽고 말았씨야. 그때는 차도 전화도 없었거든. 고거이 얼마나 아폈으먼 아부지 등에 딱 붙어서 눈을 감었다 안 하냐. 아부지 어머니 엄청 우셨다. 어머니는 니가 배 속에 있어서 따라가 보도 못했다 안 하냐. 그래서 아부지 어머니는 갸를 가슴에다 묻으셨단다."

나는 누군지도 모르는 어린 형의 이야기에 마음이 쓸쓸해졌다. 그리고 그때 상황이 대충 짐작되어 엄마가 무지 불쌍했다. 나 때문에 어린 아들의 마지막도 못 본 엄마 심정은 어땠을까. 그냥 한숨이 났다.

"참 안되았네. 성이 둘이면 더 좋았을 건디."

"근다고 그렇게 기운 없이 말하믄 쓰냐. 심내야재."

"알어. 근디 심이 안 나네."

"글치야. 니 속도 그 정돈디 아부지 어머니 속은 오죽하셨겄냐. 그니까 닌 쪼까 좀이 쑤셔도 불평하지 말어. 다 니를 끔찍이 위해서 아부지가 그란 것잉께."

"알겄네. 근다고 아부지가 나를 끔찍이 위한다는 말은 안 했으면 좋겄네. 나가 그 말은 안 믿응께. 아부지가 나한티 얼마나 무섭게 하는디. 난 아부지 앞에서 얼굴도 못 들잖어. 성도 다 알믄서 그런 소릴 한가."

"어치께 닌 그렇게밖에 생각을 못하냐. 아부지가 머 니 미워서 근 줄 아냐. 술 땜시 그런 거재. 글고 아부진 원래 말도 잘 안 하고 표현도 안 하잖어. 그래도 척 보면 알어야재."

"몰러!"

준영이 형이 아버지를 편드는 것 같아서 나는 공연히 심술이 났다. 그러자 형은 슬며시 웃으며 다시 말을 이었다.

"하긴 나도 닐 업고 뛰는 아부질 보고 크게 놀랐다. 하아, 그렇게까지 아부지가 어리바리 준호를 애끼는 줄은 몰랐거든. 눈물겹드라. 질투도 쬐끔 나고."

"에이, 근다고 질투씩이나. 나도 아부지가 좀 이상스럽다 싶긴 하데. 그렇게 막 서두르는 거 첨 봤거든. 그때 나가 운 게 감동혀서 운 건 줄도 알재, 성은?"

"아이구, 근다고 갖다 붙이기는. 암튼 아부지가 우리 삼남매를 세상에서 가장 애끼는 건 맞어. 술 담배 끊는 거 봐라, 나가 공부 안 한다고 했다고. 세상에 그런 아부지가 어딨겄냐. 세상에서 질 심든 게 담배 끊는 거라고 안 하던."

"그람 성이 결석한 게 다 작전이었다, 이 말인가?"

"쉬잇! 꼭 그런 건 아니지만, 어째 비스무리하게 돼 부렀다."

어쩐지, 많이 이상했다. 준영이 형이 공부가 싫어질 리 없었다. 느림보 준영이 형이 그런 머리를 쓰다니, 달리 보였고 존경해 주고 싶었다.

그러고 보니 이젠 아버지를 믿어도 될 것 같았다.

이날 밤, 나는 그때까지 살아온 내 인생에서 가장 편한 마음으로 자리에 누웠다. 보나 마나 하늘을 훨훨 나는 꿈을 꿀 게 분명했다. 졸병들 수십 명을 내 뒤에 거느리고 말이다. 하지만 바다 쪽으로는 날아가지 않을 생각이다.

기분이 엄청 좋아서 혼자 큭큭 계속 웃었다. 그러자 준영이 형이 한마디 했다.

"넌 머리까지 다쳤냐? 왜 자꾸 바람 새는 소리가 나냐?"

"나 생각에도 나가 쪼까 이상하네. 그라믄 먼처 잘랑께, 성도 엥가이 하고 자소. 굿이 나잇이네."

"얼씨구! 그 굿이 영어 굿이냐, 우리나라 굿판 굿이냐?"

"알어서 판단하소. 난 바빠서 그것까정은 못 알려 주겄네."

나는 준영이 형 베개를 끌어안고 몸을 마구 흔들며 웃었고, 준영이 형은 내 엉덩이를 걷어차며 웃었다.

깁스는 다행히 방학 중에 풀 수 있었다. 아버지 말처럼 다친 팔을 잘 관리한 덕분인지도 모른다. 어쨌든 나로서는 듣기 좋은 칭찬이었다.

깁스를 풀러 병원으로 가는 버스 안에서 몇 번이고 아버지 얼굴을 훔쳐봤다. 아버지가 내 가까이에 있다는 게 무지 좋았고, 아버지가 나를 아낀다는 게 무지 좋았다. 이제는 굳이 아버지가 표현하지 않아도 알 수 있었다. 나도 아버지처럼 속마음을 쉽게 드러내지 않고 사랑하는 그런 사람이 되고 싶을 정도였으니까.

차창에 비친 아버지 얼굴은 흡사 나이 든 준영이 형처럼 보였다. 내 눈에는 꼭 그렇게 비쳤다. 나는 웃음이 나서 몰래 싱

굿거렸다. 그러다 한 번은 차장 아저씨와 눈이 마주치는 바람에 아주 민망했다. 얼른 웃음을 그쳤기에 망정이지, 하마터면 정신 나간 바보로 오해받을 뻔했다.

깁스를 풀고 나자 몸도 마음도 하늘을 날 것처럼 홀가분했다. 이젠 들로 산으로 실컷 쏘다닐 수 있다는 생각에 한껏 흥이 났다. 그런데 아버지는 생뚱맞게도 지금부터 더 조심해야 한다며 여전히 집에만 있게 했다. 그래서 나는 또다시 축 처졌다.

속도 모르는 원광이와 봉호는 꾀병 좀 그만 부리라며 나를 비겁자로 몰아세웠다. 억울했다. 그렇다고 내 기분만 내세워 싸울 수는 없는 노릇이었다. 그래서 이렇게 말했다.

"그믄 니들도 팔 한번 분질러 봐라. 꾀병인지 아닌지."

"그람 그랄까."

봉호는 능청을 떨었고, 원광이는 펄쩍 뛰며 두 손에 고개까지 저었다.

"아이쿠! 난 더 죽는다. 팔 하나 뿌라진다고 우리 아부지한테 통할 거 같냐. 일을 계속하믄 아픈 것도 금방 잊어묵는다고 더 열심히 하라고 난리 피울 것이다."

"설마!"

우리는 발을 구르며 큰 소리로 웃었다. 한편으로는 한천 한 애는 틀림없이 그럴 거라는 생각도 들었다. 그 때문인지, 웃음 뒤에 왠지 쓸쓸한 느낌이 남았다.

140

주미는 내가 팔을 다친 거는 아랑곳하지 않고 내가 약속을 지키지 못한 것만 물고 늘어졌다.

"넌 약속이 우습니? 왜 안 지켰는데?"

"머얼?"

뻔히 다 알면서 따지는 것처럼 속 답답한 일은 없다.

"굴 자루 받으러 오겠다 해 놓고 안 왔잖아?"

"그건 내가 다치는 바람에 어쩔 수가 없었잖애."

이런 말 하는 것도 자존심 상하는 일이다. 그런데 주미는 인정머리 없이 사람을 끝까지 궁지로 몰았다.

"암튼 네가 약속 안 지킨 건 맞잖아. 우리가 추위에 떨면서 밤중까지 기다릴 거란 생각은 안 해 봤어? 네가 약속을 조금이라도 중요하게 생각했다면 다른 사람을 보내서라도 기다리지 않게 할 수 있었잖아? 사람이 왜 그래? 많이 다친 것 같지도 않던데."

나는 할 말을 잃었다. 정말 바보들이 따로 없었다. 적당히 기다리다가 그냥 올 일이지, 왜 오밤중까지 기다리고 있었는지. 나는 죽었다 살았구먼, 그런 사람의 심정은 헤아리지 못하고 자기들 처지만 내세우는 이기주의자 같으니라고. 나는 합의점이 없는 얘기를 더는 하고 싶지 않았다.

"됐응께, 그만히라. 니하곤 말 안 하고 잡은께."

"어머! 애 좀 봐. 왜 네가 신경질이야? 똥 뀐 놈이 성낸다더니, 딱 너를 두고 하는 말이구나."

주미는 누구의 잘잘못을 가리기보다 내 기를 꺾으려는 게 분명했다. 아니면 이참에 나를 괴롭히려고 작정했거나.

"우아, 진짜 니?"

주미의 의도를 알아챈 나는 말문이 절로 닫혔다. 그러거나 말거나 주미는 더욱 의기양양해서 나를 몰아세웠다.

"내가 뭐? 준호 네가 끝까지 잘못을 인정하지 않는 거잖아. 사람을 그렇게 고생시켰으면 최소한 미안한 감정이라도 있어야 할 거 아니야. 어떻게 그렇게 뻔뻔할 수가 있어? 팔만 다치면 다 용서되는 줄 아니? 어쨌든 잘못은 너한테 있으니까 사과해. 미안하다고 하란 말야."

후유! 속이 부글부글 끓었지만 어쩔 수 없었다. 어떻게든 이 자리에서 벗어나고 싶었다. 그래서 마음과 달리 억지 사과를 해야만 했다.

"알았어. 미안혀. 됐재? 나가 미안한께, 니가 이해해라. 되았재?"

"어휴, 사과하는 게 어째 그 모양이니. 하긴 너한테 뭘 더 바라겠어? 내가 속이 터진다."

주미는 겨우 이딴 소리만 했다. 주미가 속 터질 지경이라면, 나는 복장이 터질 지경이었다. 사과하라 해서 사과했는데도 뭐라고 하니, 나더러 어쩌라는 건지…….

"미안혀, 참말로 미안혀. 됐재?"

나는 속으로 '까짓것, 하자.' 다짐하며 마음에도 없는 사과를 다시 했다. 얄미운 주미는 그제야 만족스러운 표정으로 내 사과를 넙죽 받았다.

"그래, 진작 그럴 일이지. 앞으론 약속 잘 지켜라?"

이게 도대체 무슨 경우란 말인가.

내 자존심이 그렇게 심하게 뭉개진 적은 처음이었다. 내가 왜 그랬을까, 돌아서자마자 후회막급이었다. 앞으로 다시는 사과하는 일 없을 것이다. 나는 다짐하고 또 다짐했다. 그리고 이제 주미하고는 말을 섞지 않겠다고 다짐했다. 주미가 있는 쪽은 쳐다보지도 않겠다고 다짐했다. 그리고 그 다짐들을 꼭 지키겠다고 가슴을 퉁퉁 치며 맹세했다.

"야, 똥이 무서워서 피하냐. 더러워서 피하재."

내 마음을 누구보다 잘 아는 원광이가 나를 위로했다. 하지만 나는 위로받지 못했고, 주미를 향한 미움만 커졌다.

준영이 형이 광주 연합고사에 합격했다는 연락이 왔다. 형이 떨어질 거라고 생각한 사람은 아무도 없었지만, 진짜로 합격했다는 통보를 받으니 신기했다.

"인자 되았다."

아버지가 가장 반겼고.

"하이고, 장허다 내 아들!"

엄마도 준영이 형을 대견스러워했다. 내 '새끼'도 아니고 내

'아들'이라면서.

"큰오빠가 최고랑께. 나도 공부 열심히 해서 큰오빠 따라 갈랑만. 아부지, 나도 광주로 보내 줘야 돼요잉?"

순화는 까마득한 훗날을 두고 벌써부터 들떠서 호들갑이었다. 나는 그러는 순화가 얄밉고 못마땅해서 톡 쏘아 주었다.

"니는 몇 학년인디 벌써 그딴 난리여!"

그런다고 기가 꺾일 순화가 아니었다. 오히려 더 기가 살아서 사납게 대꾸했다.

"머시가 난리당가, 나도 공부 잘할 거라는디. 짝은오빠는 그런 것까정 샘이 난가?"

"머라고? 누가 그런 게 샘난디야? 나가 머 가슴이 쫌팽인 줄 아냐. 난 샘 같은 거 안 낸께, 그딴 소리 하덜 말어라."

"치이."

그러자 아버지가 우리 둘의 말을 막았다.

"멀 그러냐. 느그들도 다 광주로 보내 줄 것인디. 긍께 공부만 열심히들 히라. 그거면 아부진 충분헌께."

"진짜지요, 아부지?"

순화는 좋아서 펄쩍 뛰었다. 나는 준영이 형이 곧 집을 떠난다는 게 마음이 안 좋아 죽겠는데, 순화는 눈치가 너무 없었다.

판구 형이 뛰어와서 준영이 형을 축하해 줬고, 이장 아저씨도 한천 할매도 집으로 찾아와서 축하해 주었다.

"우리 마을서도 인자 큰 인물이 날 거그만. 준영이 쟌 판검사도 충분히 할 것이여. 암, 그라재. 그라고말고."

이장 아저씨는 혼자 묻고 혼자 대답했다. 언제나 "암, 그라재. 그라고말고."라는 말로 끝을 맺었다. 이장 아저씨는 성격이 호탕하고 상대방의 기분을 띄워 줄 줄 아는 사람이었다.

그런데 준영이 형은 표정이 그리 밝지 않았다. 다른 사람들은 눈치채지 못했겠지만, 나는 평소와 다른 준영이 형의 행동과 표정을 다 읽을 수 있었다. 준영이 형은 말로는 부모 곁을 떠날 나이가 됐다고 했지만, 사실은 마음이 편치 않았던 거다.

그래서 한 번은 "나가 성 따라갈까?" 했다가 얼른 말을 바꾼 적도 있었다.

"아니네. 나가 기냥 한번 해 본 소리네. 신경 안 써도 쓰네."

이렇게 준영이 형과 나 사이에도 신경 쓰이는 일들이 많아졌다. 무엇보다 나까지 집을 떠난다면 그 쓸쓸함의 무게가 얼마나 클지 짐작되었기 때문이다. 그럴 때면 준영이 형은 말없이 싱거운 눈웃음만 지었다.

'말해 뭐 해?' 꼭 그런 느낌의 눈웃음을…….

광주시 연합고사에 합격한 준영이 형은 공립 고등학교로 배정받았다. 유서 깊고 전통 있는 학교라며 아버지가 가장 반가워했다. 그리고 그 소식을 들은 이튿날, 아버지와 준영이 형은 광주로 올라가 자취방을 구하기로 돼 있었다. 그런데 갑자기 순화가 생떼를 썼다.

"아부지, 나도 따라갈랑만요? 여태까지 나는 버스도 한 번 못 타 봤당께요. 이참에 아부지 따라 광주 감서 버스도 타 보고 잡고 광주가 어치께 생겼는지도 보고 잡당께요. 나도 데리가 줘요, 아부지. 예?"

눈치코치 없이 순화는 어림없는 부탁을 했다. 아버지와 준영이 형이 놀러 가는 것도 아니고, 짧은 일정에 방을 구하고 통학 길을 익히려면 눈코 뜰 새 없이 바쁠 텐데 말이다. 그러니 아버지에게 야단맞지 않으면 다행이다 싶었다.

그런데 아버지는 이렇게 대답했다.

"그라자, 그람. 차비 몇 푼 보태면 될 것인디, 못할 것도 없재. 순화도 같이 가 불자."

나로서는 도저히 납득할 수 없는 어마어마한 일이었다.

'나가 시방 꿈을 꾸고 있는 건가?'

그러자 순화는 그럴 줄 알았다는 듯, 전혀 놀란 기색 없이 펄펄 뛰며 좋아했다.

"참말이재요, 아부지? 딴말하기 없기여요?"

이럴 줄 알았으면 내가 먼저 아버지한테 부탁했을 텐데, 너무 아쉬웠다.

솔직히 나도 광주에 무척 가 보고 싶었다. 준영이 형이 살아갈 곳이 어떤 곳인지 꼭 보고 싶었다. 하지만 아버지가 허락하지 않으리라 지레짐작하고 나는 입도 벙긋해 보지 못했다. 그런데 이렇게 쉽게 허락하다니. 그러면 지금이라도 부탁해 볼까? 순화 부탁을 들어줬으니 내 부탁도 들어줄 것 같은데……. 그런 생각이 머리에서 떠나지를 않았다.

그러다가 나는 다시 마음을 돌렸다. 집에 혼자 남을 엄마를 두고 나까지 광주에 갈 수는 없었다. 그래서 입도 벙긋하지 않는 쪽을 택했다. 결국 광주에는 아버지와 준영이 형, 순화, 그렇게 셋이 갔다.

엄마와 둘만 남은 집은 왠지 허전하고 썰렁했다. 원광이와 봉호를 불러서 밤늦게까지 떠들고 놀았는데도 허전함은 가시지 않았다. 준영이 형이 없는 우리 집은 앞으로 계속 이런 분위기일 게 분명했다. 나는 벌써부터 맥이 빠졌다.

아버지와 준영이 형, 순화는 다음 날 밤늦게 돌아왔다. 서두른 덕분에 준영이 형 학교 근처에 방을 얻었다고 했다. 그런데 순화는 얼굴이 말이 아니었다. 까칠한 얼굴이 창백했고, 울고 난 것처럼 축축해 보이기도 했다.

"순화는 얼굴이 왜 근다냐?"

엄마가 걱정하자,

"멀미 때문에 그라요."

했다.

그래서 그런 줄로만 알았는데, 나중에 들으니 멀미 때문이 아니었다. 광주라는 도시를 흠모하고 있던 순화는 우리 시골과는 어마어마하게 다를 거란 기대를 품었다. 으리으리한 건물, 깨끗한 도로, 수많은 자동차, 그리고 화려한 옷차림을 한 사람들.

그런데 아니었다는 것이다.

물론 너무 앞서 생각하는 것이 순화의 단점이긴 했다. 귀도 얇았다. 그렇다 해도 순화는 상상 이상으로 실망했다. 그건 며칠 더 지나서 알게 된 사실인데, 준영이 형 자취방 때문이라고 했다.

준영이 형의 자취방은 가파른 언덕에 자리 잡은 한옥의 문간방이라 했다. 순화 말이, 광주에도 그런 집이 있을 거라고는 생각도 못했다고 했다. 더 보태자면, 원광이네 헛간과 비슷하다는 거였다. 방도 손바닥만 해서, 세 사람이 앉으니까 엉덩이가 끼더라고 했다. 그런 방에서 준영이 형이 혼자 살 거라는 생각에 순화는 멀미가 더 심했다고 털어놓았다.

나는 설마 그럴까 의심했지만, 순화 말이 하도 진지해서 나중에는 그렇구나 하는 마음에 한숨만 포옥 내쉬었다.

13
돌아온 새봄

미리부터 짐을 챙겨 둔 준영이 형은 중학교 졸업식이 끝나 자마자 광주로 올라갔다. 나는 그렇게 서두르는 준영이 형이 야속해서 처음엔 잘 가라는 말도 하지 말아야겠다고 결심했 지만, 도리가 아니라는 생각에 마음을 바꿨다.

준영이 형은 중학교 졸업식에서 교육감상을 받았고, 상품으로는 새끼 돼지를 받았다. 교장 선생님이 대신 읽은 교육감의 치사 중에는 새끼 돼지를 잘 키워 학비에 보태라는 말도 있었다.

아버지는 상장보다 새끼 돼지를 더 마음에 들어하며 애지 중지 종이 상자에 담았다. 그리고 짐자전거에 싣고 신이 나서 집으로 돌아왔다. 그동안 돼지 박사 집에 돼지가 없는 걸 가 장 허전해하던 아버지는 그제야 소원을 이루었다. 달리 생각하면 준영이 형은 자기 빈자리를 새끼 돼지로 채운 셈이었다.

광주에는 준영이 형과 아버지가 갔다. 나는 이번에도 데려가 달라는 말을 하지 못했다. 몇 번이나 망설였지만, 아버지가안 된다고 할까 봐 끝내 말을 꺼내지 못했다.

쌀자루에 김치 봉지, 온갖 양념 봉지까지 바리바리 싸서 짐이 한두 개가 아니었다. 이별은 그렇게 짐 보따리에서부터 실감이 났다. 준영이 형은 어린애마냥 엄마 품에 안겼다가 버스에 올랐다. 그 모습이 시무룩해서, 배웅하고 있던 순화와 나도시무룩해졌다. 순화는 눈물까지 보였다.

"큰오빠, 편지 꼭 해야 쓰네이?"

"알았어. 자주 편지 할랑게 걱정 말래도."

준영이 형은 손을 흔들며 멀어져 갔다. 나는 엄마 곁에 서서 엄마 손을 꼬옥 잡아 주었다. 그때 느낀 이별의 슬픔은 가슴속에 커다란 웅덩이 하나를 판 것처럼 깊었다.

차창에 붙어서 굳은 표정으로 손을 흔들던 준영이 형의 모습이 몇 날이 지나도록 잊히지 않았다. 준영이 형은 차창에 기대어 점점 멀어져 가면서 우리를 하염없이 바라보고 있었다.

이튿날 내려온 아버지도 깊은 수심에 잠겨 있었다.

"먼 걱정이디야. 크게 될라믄 젊어 고생은 사서도 하는 거인디."

말은 그렇게 했지만, 본마음이 아니라는 건 다 아는 사실이었다.

누구보다 힘들어한 사람은 엄마가 아니라 순화였다. 말수가 줄어들고 준영이 형 걱정에 시도 때도 없이 혼잣말을 늘어놓았다.

"큰오빠 밥이나 지을 줄 알랑가? 나가 자세히 좀 알려 줄 것인디."

준영이 형이 없는 우리 집 분위기는 음지의 골짜기처럼 차갑고 휑뎅그렁했다. 뭐라고 표현하기 힘든 그런 나날이 흘렀다.

그래도 봄은 왔다. 따사로운 바람이 산으로 들로 마을로 옮겨 다녔다.

나는 6학년이 되고, 순화는 4학년이 되고, 6학년 형들은 중학생이 되었다. 조용한 시골 마을에서는 아주 큰 변화였다.

하지만 학교 안에서는 변화를 실감할 수가 없었다. 한 학년에 한 반뿐인 우리 학교는 학년만 바뀔 뿐 달라지는 게 하나도 없었다. 교실도 5학년 교실을 그대로 썼고, 담임 선생님도 5학년 때 담임 선생님이 그대로 맡았다. 어떨 때는 학년조차 바뀌지 않은 듯한 착각이 들었다.

"왜애? 내가 또 니들 담임이라 싫으냐? 싫은 사람 있으면 손들어 봐라."

6학년 올라와서 첫 조회 시간에 선생님이 던진 첫마디도 하나 마나 한 내용이었다.

나는 풍금을 못 치고 율동을 못해도 괜찮으니까, 남자 선생님이 우리 담임을 맡았으면 했다. 함께 운동장을 뛰고 공도

차고 신날 것 같았다. 그렇지만 내 꿈이 이루어진 적은 거의
없었다.

그리고 우리 마을의 문제아 판구 형은 읍내에 있는 농업고
등학교에 진학했다. 중학교 졸업하면 서울 가서 돈도 벌고 자
동차 운전도 배울 거라고 큰소리치더니만, 완전 허풍이었다.

물론 당골 할매도 "아적은 돈 벌 나이 아닌께, 여그서 농고
라도 마쳐." 이러면서 허락하지 않았을 거다.

당골 할매 성격으로 볼 때 "니가 떠나 불면 나 혼자 어치께
산다냐?" 이런 나약한 말 따위는 하지 않았을 거다.

판구 형도 두말없이 "그람 그라지요." 했을 테고.

고등학생이 된 판구 형은 매일 첫차를 타고 학교에 갔다.
그 탓에 마을 사람들은 더 이른 새벽부터 판구 형이 내는 자
동차 소리를 들어야 했다.

판구 형은 준영이 형이 없다고 우리 집 근처에는 얼씬도 하
지 않았다. 자기 집 마당에서 입으로 시동을 걸고는 곧장 마
을 회관 쪽으로 내달려 신작로로 빠져나갔다. 그런 판구 형이
섭섭했지만, 생각해 보면 당연한 일이었다.

엄마는 새벽마다 장독대에 정화수를 떠 놓고 우리 가족을
위해 치성을 드렸다. 준영이 형이 광주로 가고부터는 더 열심
이었다. 나는 그런 엄마가 안쓰러워서 "미신인디, 아침마다
멀라고 그라요?" 하려다가 말았다.

엄마에게는 그것 말고도 또 다른 일과가 생겼다. 해 질 녘이

면 신작로를 바라보는 거였다. 가능성이 1퍼센트도 없는데, 엄마는 준영이 형이 그 길을 걸어 집에 오지나 않을까 하는 기대가 있었던 것이다.

사실 준영이 형은 내려올 때 꼭 편지로 먼저 연락하겠다고 했기 때문에 군이 그럴 필요조차 없었다. 그런데도 저녁마다 신작로를 바라보는 엄마를 볼 때면 나는 마음이 몹시 짠했다. 어쩌면 평생을 이렇게 떨어져 살아야 할지도 모르는데, 아들 그리워하다가 병이나 얻지 않을까 걱정스러웠다.

엄마 애간장을 녹이던 준영이 형이 집에 온 것은 광주로 떠난 지 한 달이 지난 토요일 밤이었다. 그것도 내가 편지를 여러 번 해서 겨우 내려왔다. 형은 피죽도 못 얻어먹은 사람처럼 핼쑥하게 말라 있었다. 물설고 낯설어 그렇다지만, 그건 핑계에 지나지 않았다. 그러니 이제 준영이 형은 우리 집안의 걱정덩어리가 된 셈이었다.

아버지는 아끼고 아껴 온 암탉을 잡았고, 엄마는 그 닭을 정성껏 조리했다. 물론 우리 가족이 다 같이 먹었지만, 어디까지나 준영이 형을 위한 음식이었다는 것은 분명하다. 그렇다고 불만인 사람은 없었다. 마음 같아서는 준영이 형 혼자 다 먹게 하고 싶었지만, 준영이 형이 받아들이지 않을 것 같아 함께 먹었던 것이다.

그날 밤 잠자리에서 준영이 형은 내게 안 하던 잔소리를 다 했다.

"니, 공부 좀 하냐? 인자 육 학년도 됐응께, 해찰 그만 부리고 공부 잔 해라. 나가 겪어 본께 광주 애들 실력이 장난이 아니드라."

"성은 오랜만에 만났음서 겨우 잔소리부터 하고 잡은가?"

"나가 시방 겪고 있어서 하는 소린께, 잔소리라 여기지 말고 니도 공부에 신경 써라. 니도 알다시피 우리 집이 가진 게 머가 있냐. 변변한 논이 있냐, 밭이 있냐. 니도 나도 인생 승부를 걸 게 공부밖에 더 있냐. 니도 이 시골에서 농사지음서 살고픈 마음은 없을 거 아니냐. 상황 봐서 내년이나 내후년쯤에는 니도 광주로 데려갈랑께, 시방부터는 공부 잔 해."

"골치 아퍼서 공부는 싫은디."

"그러다 니 낭중에 후회한다."

나는 마음이 불편하면서도 좋았다. 공부 열심히 하라는 말은 반갑지 않았지만, 광주로 데려가겠다는 말은 세상에서 내가 가장 듣고 싶었던 말이기 때문이다. 어쩌면 나는 준영이 형이 광주 간다고 했을 때부터 나도 가고 싶다는 꿈을 품었는지 모른다. 그때는 물론이고, 준영이 형이 광주로 떠나던 날도 내 심장이 요란하게 뛰는 걸 느꼈으니까.

"알았네. 하긴 하겠는디, 너무 기대는 마소. 성맹키 잘할 자신은 없응께."

"그래, 한번 해 보자이?"

"나가 알았다 안 긍가. 글먼 됐재. 근디 성은 얼굴이 그게 먼가? 어쩌자고 그렇게 말라 부렀는가. 난 나무토막이 걸어오는 줄 알았당께. 인자 엄마 또 잠도 못 자게 생겼네. 밥은 통 안 묵는가?"

"그런 건 아닌디야. 별로 마른 것 같지도 않은디 그런다이."

"아따, 먼 말을 그렇게 하능가? 나가 그라믄 빈말을 한다 이건가, 시방?"

"누가 글타냐. 보는 눈이 서로 잔 다른께 그라재."

그때 설거지를 끝낸 순화가 우리 방문을 빼꼼 열더니 씩 웃으며 들어왔다. 그러자 준영이 형이 순화를 반겼다.

"언능 와, 이쁜 동생아."

"큰오빠, 나 많이 기다렸재?"

아이고, 또 시작이다 싶었다.

"그람! 우리 순화가 얼매나 보고 잡았는디. 근디 고생이 많아서 어쩌끄나."

"요까짓 거이 머시가 고생이당가? 혼자 사는 큰오빠가 더 고생이재. 나가 가서 밥이라도 해 줬으면 좋겄는디, 아부지한티 말해 보까?"

"괜찮해. 힘 안 든께 걱정 말어."

눈물겹다, 오누이.

밥돌이 밥순이 아니랄까 봐 시작이 또 밥 타령이다. 하기야 무엇보다 밥을 중요하게 여기는 엄마의 아들딸이니, 그 핏줄이 어디 갈까만……

순화는 좋아서 웃다 말고 나를 곁눈질했다. 이참에 준영이 형을 믿고 나를 골려 주고 싶어 하는 눈길이었다. 그래서 내가 먼저 통을 놓았다.

"쓸데없이 왜 쳐다보고 그냐?"

"기냥, 아무 뜻 없스. 눈길이 지 맘대로 간 것뿐이여."

"나가 니 속을 모를 줄 아냐?"

"치이, 내 속이 먼디?"

"니 공부 이야그 할랑 거잖어?"

"아니네, 이 사람아."

"니 또 까불먼 엄마 부른다."

"니 맘대로 히라."

그래 놓고 순화는 얼른 준영이 형 뒤로 몸을 피했다. 역시 준영이 형은 순화에게 든든한 배경이다.

"엄마!"

"에에에."

순화는 대놓고 나를 놀렸다. 그렇지만 기분 나쁘지는 않았다. "그래, 니 최고의 빽이 왔으니, 그 빽 한번 실컷 써먹어 봐라." 싶기도 했다.

그런데 순화는 그런 내 마음을 몰라주고 여전히 나를 째려보며 골려 먹을 궁리만 하는 듯했다.

"왜 그냐고?"

"짝은오빠 진짜 몰라서 묻는가?"

156

"머?"

"큰오빠하고 왜 그리도 다르게 생깄는가, 짝은오빠?"

이제야 알 것 같아 나는 이번에도 선수를 쳤다.

"그래서 세상이 평등하다는 거 아니냐. 성이 공부는 쪼까 하지만 인물은 영 아니잖어. 저 인물에 공부까정 못했어 봐라. 통 써묵을 때가 없었겄재. 니도 동감하재?"

"웩! 짝은오빠는 먼 쓰잘머리 없는 농담을 그렇게 뻔뻔시리도 잘하능가."

순화는 토하는 흉내까지 내며 어떻게든 나를 이겨 보려고 용을 썼다. 그러자 웃고만 있던 준영이 형이 순화 편을 들고 나섰다.

"순화 니 눈에도 준호 쟈가 이상하게 생깄재? 어째 나하고 니는 보는 눈이 똑같은지 모르겄어야이."

"맞당께, 딱 맞당께요."

아예 손뼉까지 치며 그런 난리 법석이 없었다.

나는 일단 숨을 골랐다. 둘이 한꺼번에 덤빌 테면 어디 덤벼 보라는 오기도 있었다. 하지만 이럴 때 여러 사람을 공격하면 효과가 떨어지는 법이다.

"순화 니 분명히 나를 무시했재. 나도 앞으로 니 무시한다이? 아니, 아예 모른 척한다이? 잘 생각히 봐라. 성은 낼이면 광주로 올라갈 것인디, 어치께 니 편을 들어 주겄냐? 사람이 멀리 내다볼 중도 알어야재. 암튼 이 시간부터 나는 닐 모른다. 알았재?"

역시 효과 만점이었다. 순화는 바로 꼬리를 내렸다.

"아따, 짝은오빠는 암껏도 아닌 일에 툭하면 마음 상해하더라."

"머시가? 난 사실을 말했을 뿐인디."

"알았네, 알았어. 나가 다시 말하겠는디, 생김은 짝은오빠가 큰오빠보당 쪼깨 잘생겼다. 흐흐웅, 요만큼만 쪼깨."

순화는 준영이 형에게 눈짓을 하며 나에게 알랑거렸다. 준영이 형도 죽이 척척 잘 맞는 오누이답게 눈을 찡긋하며 답했다. 둘이 짜고서 마음에도 없는 소리로 나를 달래려 한다는 건 알지만, 형이 오랜만에 왔으니 봐주기로 했다.

그날 밤 판구 형이 찾아왔다. 판구 형이 우리 집에 온 건 정말 오랜만이었다. 그래도 순화는 판구 형을 여전히 살갑게 대했다.

"구 오빠, 살어 있었는갑네."

"살어 있었는디도 나가 엥가이 바뻐야 말이재."

둘의 대화는 초등학생과 고등학생의 대화가 아니라, 친구 사이의 대화 같았다. 문득, 온 세상이 다 변해도 두 사람의 대화법만큼은 변하지 않았으면 좋겠다는 생각이 들었다. 그에 견주면 오랜만에 만난 준영이 형과 판구 형의 대화는 들을수록 시시콜콜, 영 재미가 없었다.

지낼 만하냐? 광주 좋재?

좋긴 뭐, 집 떠나면 고생이재.

그래도 넌 좋겠어야.

머가?

도시물 묵잖애.

도시물이 더 오염된 거 몰러.

밥은?

밥 안 묵고 사는 사람도 있냐.

짜아식.

어쭈.

수준이며 분위기가 당최 맞지를 않아서 듣고 있을 수가 없었다. 순화도 지루했는지, 하품을 쩌럭쩌럭 하다 말고 먼저 싫증을 냈다.

"난 가서 잘라만."

판구 형에게 준영이 형을 빼앗겼다는 짜증 섞인 목소리였다. 그래도 판구 형은 알아차리지 못하고 계속 궁둥이를 붙이고 있었다. 나도 머리끝까지 이불을 뒤집어썼다. 잠이 쉽게 올 것 같지는 않았지만, 한번 청해 볼 참이었다.

동네 친구라는 게 어찌 보면 흉허물이 없어서 좋긴 한데, 쓸데없는 이야기로 시간만 허비하는 건 고리타분해서 싫었다. 설핏 잠이 들어서도 나는 두 사람 사이에 오가는 얘기를 계속 들었다. 판구 형이 돌아가는 소리도 들었다.

그리고 준영이 형이 이렇게 말하는 소리도 들었다.

"하! 좋다!"

불을 끄고 내 옆으로 파고들면서 하는 소리였다. 그것도 한 번이 아니라 여러 번 그랬다. 집이 얼마나 그리웠으면 이럴까 싶어서 나는 잠결에도 준영이 형이 측은했다. 그래서 꽉 끌어안아 줬더니, 준영이 형은 나를 타박했다.

"이 자석은 잠버릇을 언제나 고칠랑고."

그래도 나는 준영이 형을 놔주지 않았다. 준영이 형과 함께 자는 잠은 달고도 맛있었다.

준영이 형은 날이 밝을 때까지도 내 옆에 곤히 잠들어 있었다. 그러고 보니 준영이 형이 이렇게 늦게까지 자는 모습은 처음 봤다. 그래서 준영이 형의 잠을 방해하지 않으려고 오줌이 마려워도 꾹 참고 누워 있었다.

"많이 피곤했던 갑재."

엄마도 준영이 형이 깰까 봐 조심했다. 그 때문에 우리 가족은 아침도 느지막이 먹었다.

준영이 형은 점심을 먹자마자 광주로 올라갔다. 기분이 다시 쓸쓸해졌다. 하지만 준영이 형은 아무렇지 않은 얼굴로 내 옆구리를 쿡 찌르며 고약한 인사말을 남겼다.

"공부 잔 해?"

예전 같았으면 반발했겠지만, 이제는 웃으면서 입술만 움직여 대답했다.

"아라따앙께에."

160

봄은 바람결보다 빠르게, 그리고 칡뿌리보다 깊숙이 우리 곁에 와 있었다. 산마다 참꽃이 꽃망울을 터뜨렸고 학교 울타리에는 노란 개나리가 활짝 피어났다.

그 봄에 6학년 우리 반에도 작은 변화가 있었다. 아니, 엄청 큰 변화였다. 3학년 때부터 반장을 맡았던 진성이가 읍내 학교로 전학 가고 나서 그 자리를 주미가 차지한 것이다. 분명 '차지'했다.

우리 반 아이들은 투표를 해서 반장을 뽑고 싶었지만 담임 선생님은 선거에 관심이 없었다. 그냥 아무나 하면 된다고 생각하는 것 같았다.

그날도 그랬다.

조회 시간에 뜬금없이

"반장 해 볼 사람?"

그랬는데, 모두들 놀라 꿀 먹은 벙어리가 된 상태에서 주미 혼자 손을 번쩍 들었던 것이다.

"선생님, 저요."

그러자 선생님은 입술을 오므리며 주미를 내려다보더니 바로 승낙해 버렸다.

"좋아, 박주미 네가 해라."

"네, 선생님. 잘해 보겠습니다."

그렇게 해서 주미는 반장이 되었다. 그러니 반장 자리를 차지했다는 말이 틀리지 않았다. 너무나 순식간에 벌어진 일이어서 아무도 이의를 제기하지 못했다.

"박주미가 반장 해도 괜찮겠어?"

선생님이 이렇게 물어보기라도 했다면

"아니요. 투표로 뽑고 싶어요."

그랬겠지만, 이제 와서

"박주미가 싫습니다."

그럴 수는 없는 노릇이었다.

아무튼 희한한 방식으로 반장이 된 주미는 아주 의기양양하고 당돌했다.

"친구들, 새로 반장이 된 박주미야. 난 아직 시골 생활에 익숙하지 않으니까, 많이 도와줬으면 좋겠어. 어차피 졸업할 때까지는 내가 반장을 해야 하니까, 서로 마음을 잘 맞춰 보자."

정말 기가 막힌 인사말이었다.

저도 눈치가 있으면 반 아이들 대부분이 자기를 싫어한다는 사실을 알 텐데, 주미는 뻔뻔한 쪽을 택했다. 어디 싫어할테면 싫어해 봐라, 그러는 것 같기도 했다.

반장이 된 주미는 누구보다 바빴다. 아침마다 꽃을 꺾어다 교탁 화병에 꽂았고, 게시판에는 알록달록한 색종이 글씨를 바꿔 가면서 붙였다. 여자 담임 선생님에 여자 반장인 우리 교실은 점점 여성스러워졌다. 이러니 남자아이들은 갈수록 기를 펴지 못했다.

원광이는 주미를 빗대어

"세상 꽃이 다 지 껏인가, 지 맘대로 다 꺾어 오게. 이러다 전부 없어져 불겄다."

그래서 나는 되레 원광이를 놀려 줬다.

"주미 아니어도 세월이 다 가져가야."

그랬더니

"어쭈!"

하면서 원광이가 내 옆구리를 픽 쳤다. 나는 반사적으로 원광이 엉덩이를 냅다 걷어찼다. 그러자 원광이는 몹시 기분 상한 투로 인상을 찌푸렸다.

"니 나헌티 무신 감정 있냐?"

"그러는 니는?"

"이거이 당숙헌티 대들기는."

이럴 때는 굽혀야지 할 말이 없었다. 원광이는 내가 평생을 넘으려 해도 넘을 수 없는 '당숙'이라는 어마어마한 권력을 쥐고 있기 때문이다.

"예, 당숙 어르신."

나는 정중하게 머리까지 조아렸다. 원광이는 그 틈을 놓치지 않고 내 엉덩이를 걷어차 복수했다.

"니 주미 편 들면 이 당숙이 가만 안 둔다."

나는 뜨끔했다.

가만있자, 내가 지금 주미 편을 든 건가.

이날 타령을 하는 아이들은 거의 없었다.

그렇지만 나는 어린이날 집에서 빈둥대며 놀았다. 어른들이 배려해 줘서가 아니라, 준영이 형이 5월 3일 토요일에 내려와서 어린이날까지 집에 있다가 올라갔기 때문이다. 만약 내가 일을 하면 준영이 형도 일할 게 뻔하니까 아버지가 쉬라고 해 둔 것이다. 그러니 준영이 형에게 고마워해야 옳았지만, 준영이 형은 어버이날을 앞두고 내려온 것이어서 고마워하지는 않기로 했다.

어린이날 아침, 카네이션을 미리 준비해 온 준영이 형은 순화와 나한테 아버지와 엄마 가슴에 꽃을 달아 드리라고 했다. 그리고 우리한테 〈어버이 은혜〉 노래까지 하라고 시켰다.

"아따, 성은 기냥 꽃만 두고 가면 나하고 순화가 알아서 어버이날 아침에 달아 드릴 거인디, 꼭 이래야 쓰겄는가?"

그래 봐야 소용없었다. 형은 기어코 어린이날 아침에 부모님 가슴에 어버이날 꽃을 달게 했다. 더구나 준영이 형의 영원한 추종자 순화까지 거드는 데는 어쩔 수가 없었다.

"기냥 하세. 큰오빠 있을 때 하면 덜 썰렁하고 더 좋재. 글고 우리 삼남매 모였을 때 달아 드려야 아부지랑 엄마도 더 좋아라 않겄는가."

"다수가 원한다면, 나야 뭐."

이렇게 되었다. 게다가 순화 말마따나 아버지랑 엄마도 활짝 웃으며 좋아했으니 나는 불만을 품을 수가 없었다.

"언제 이런 걸 다 준비했다냐?"

"오마, 이거이 머시다냐?"

앞서거니 뒤서거니 아버지와 엄마가 한마디씩 했다. 그래도 명색이 어린이날인데 마치 어버이날처럼 좋아하다니……. 그래서 나는 속말을 참지 못하고 내뱉어 버렸다.

"우리 집은 어린이날이 아부지 엄마 날이 돼 부렀당께요."

"그라믄 우리가 너무 염치없재."

아버지가 이렇게 말했다. 그러나 말만 그럴 뿐, 카네이션을 마다하거나 우리에게 용돈을 주는 것도 아니었다.

나는 어린이날마저 어른들에게 빼앗긴 기분이 들었다. 그런데 순화는 배알도 없는지 어른들 편을 들었다.

"벨수 없재요. 어버이날에는 큰오빠가 여그 없으니, 시방 하는 편이 낫재요. 대신 어버이날을 어린이날로 하믄 되재요. 그라재, 짝은오빠야?"

"어!"

나는 순화의 갑작스러운 제안에 어물쩍거리고 말았다. 나머지 식구들은 박장대소하며 웃었다.

그런데 엄마는 아무래도 민망한 모양이었다.

"야들아, 동네 사람덜이 고새 카네이션 달았다고 손꾸락질 안 하겄냐."

그러나 아버지는 당당했다.

"머시 어쨌당가. 당신하고 나만 괜찮으먼 그만이재. 동네 사람들이사 우리가 언제 달아도 샘이 나서 한마디씩 할 거인디, 그런 데까지 신경 쓰면 되겠는가."

"그래도 난 어째 남우세스럽소."

엄마는 준영이 형이 광주로 올라간 뒤 카네이션을 떼어 액자 밑에다 찔러 놓았다. 물론 아버지는 진짜 어버이날인 5월 8일까지 꿋꿋하게 달고 다녔고, 그러고도 한참을 더 달고 다녔다. 엄마가 이제 그만 좀 떼라고 해도 소용없었다.

"놔두소. 난 이 꽃을 보믄 막 심이 나서 그런께."

이렇게 말하며 줄기차게 달고 다녔다.

준영이 형은 광주로 올라가면서 내 생일에도 내려오겠다고 약속했다.

"성, 나 생일에도 와야 쓰네?"

"오긴 와야 쓴디, 시간이 어쩔랑가 모르겠다야."

섭섭하게도 처음에는 대답이 시큰둥했다. 그래서 나는 준영이 형이 안 내려오고는 못 배길 만한 야무진 말로 으름장을 놓았다.

"알아서 하소. 성 땜시 어린이날까정 양보했는디, 생일까정 양보하게 하든 말든. 하여간 난 성이 안 오면 다시는 성을 안 볼 건께, 그것만 기억하소."

"근다고 그렇게까지 오기를 품으면 쓰겄냐. 알았다. 먼 일이 있어도 만사 제쳐 두고 내려올 텡께, 그런 소리는 빈말로라도 하지 마라. 형제간에 그런 소리 함부로 하는 거 아니다

아."

"알았소. 긍께 꼭 내려오소."

좀 찜찜하긴 했지만 효과는 대만족이었다. 나는 눈곱만큼의 의심도 없이 준영이 형의 말을 믿었다. 그래서 달력에 빨간 색연필로 큼지막하게 표시해 두었다.

내 생일은 음력 4월 11일이다. 양력으로 따지면 올해는 5월 24일이었다. 그날은 준영이 형이 학교 핑계도 댈 수 없는 토요일이다. 일요일로 딱 맞아떨어진다면 더 바랄 게 없을 텐데…….

그래서 나는 엄마에게 내 생일을 하루만 늦춰 달라고 부탁했다. 엄마 성격으로 보면 안 될 일이었지만, 준영이 형 핑계를 대면 불가능한 일도 가능해지는 것이 우리 집의 법도였다.

"엄마, 성이 꼭 온다고 했응께, 나 생일은 하루만 늦춰서 해 주씨요?"

"어짜꺼냐, 니 생일인디 니 좋을 대로 해야재."

엄마는 선선히 날짜를 바꿔 주겠다고 했다. 그러자 순화가 심술을 부렸다.

"진짜, 짝은오빠는 뻔뻔해야."

"머시가 또?"

"그람 안 긍가. 짝은오빠는 생일이 먼 날이라고 생각하는디?"

"그야 이 귀하신 몸 탄신일이재."

"웩! 긍께 짝은오빠가 어디서 생겼는디?"

"그거야 엄마가……."

나는 그 대목에서 말을 제대로 이어 가지 못했다. 엄마 배가 앞산만큼 불렀다가 내가 태어났다는 준영이 형의 말이 떠올랐기 때문이다. 나는 엄마 배를 한번 슬쩍 바라보았다.

"그라믄 엄마헌티 먼처 고맙습니다, 해야 쓰는 거 아니여?"

"그거야 생일날 아침에 할라고 했재."

"하이고! 픽이나 그런 생각 했겄네. 생일까정 바꿔 달라는 사람이."

"진짜 할라고 했다니께!"

나는 자꾸만 몰아세우는 순화가 얄미워서 한 대 패 주고 싶었지만, 엄마가 지켜보고 있어서 꾹 참았다. 그러자 내 속을 다 안다는 듯 엄마가 내 편을 들어 주었다.

"됐응께 그만들 혀라. 글고 나가 알기로는, 준호가 절대로 거짓말할 사람이 아니다. 긍께 순화 니도 오빨 믿어야 쓴다."

"그지요, 엄마?"

나는 기분이 좋아 얼른 반겼고, 순화는 아무 대꾸가 없었다. 그런데 내 양심은 무지 따가웠다. 지금까지 엄마가 낳아 줘서 고맙다고 느껴 본 적이 한 번도 없었고, 생일 아침에 고마운 마음을 표시하겠다는 계획도 세워 본 적이 없기 때문이다.

내가 왜 그랬을까? 왜 그런 생각을 못했을까? 왠지 여러모로 후회스러웠다.

우리 집 생일상은 다른 집 생일상에 견주어 반찬이 많은 편이었다. 원광이나 봉호나 다른 아이들은 생일에 미역국과 달걀부침 정도만 얻어먹어도 잘 먹었다고들 했지만, 우리 집 생일상에는 꼭 생선과 잡채가 올라갔다. 생일상을 무엇보다 중요하게 여긴 아버지 덕분이었다.

아버지는 결혼하기 전까지는 생일이 언제인지도 모를 만큼 생일상과는 거리가 멀었다고 한다. 그래서인지 생일상에 한이 많아 가족들 생일을 무엇보다 중요하게 여겼다. 그런데 올해 내 생일은 찾아 먹지도 못하고 지나가 버렸다. 날짜까지 하루 미뤄 가며 기다렸는데, 다 물거품이 되고 말았다.

형이 있는 광주에서 학생과 시민들이 시위를 벌인 때문이었다. 텔레비전과 라디오에서는 불순 세력이 학생과 시민들을 선동해서 일으킨 폭동이라고 보도했다. 그래서 아버지와 엄마는 광주에서 벌어지는 일에 온 신경이 쏠려 있었고, 그 바람에 내 생일은 까맣게 잊었다.

"준영이는 어쩐다요?"

"아직 어린 학생인디 먼 일이야 있겠는가. 더 지켜봐야재."

"글컸지요? 언능 데모가 수습돼야 쓸 건디요."

"그라게, 나라 꼴이 머시가 될라고 하루도 잠잠한 날이 없는 것인지. 우리 같은 백성들은 불안해서 어디 살겠능가."

광주에서 벌어지고 있는 일은 그만큼 심각했고, 우리 집은 준영이 형 걱정으로 마음 편할 날이 없었다.

곧 전국에 비상계엄이 선포되었다. 읍내에서는 총을 멘 군인들이 검문검색을 강화하고 있다고 했다.

비상계엄은 나라에 비상사태가 일어났을 때 계엄 사령관이 군 병력을 동원해 국가의 모든 기관과 시설을 통제하는 것이다. 그러니까 군대가 무력을 앞세워 나라의 모든 권력을 움켜쥐는 셈이었다.

판구 형은 그런 비상계엄령을 두고 "오지랖 떨고 자빠졌네."라고 했다.

원광이와 나는 판구 형이 욕하는 소리를 그때 처음 들었고, 그런 사실에 적잖이 놀랐다. 그래서 평소와 달리 조심스럽게 물어봤다.

"그거이 머신디 긍가?"

"긍께, 못돼처묵은 군인덜이 나라를 통째로 묵어 뿔라고 쌩쇼를 안 하냐."

판구 형 말은 알아듣기가 어려웠다.

"판구 성은 먼 말을 그렇게 어렵게 하능가? 나라가 머 음식이간디 묵고 말고 한당가?"

"느그덜이 아적 몰라서 그려. 낭중에 알게 되면 복장 터져 못산다고 땅을 칠 것이다. 아니다. 기냥 몰르는 편이 낫겄다."

"그거이 그렇게 복장 터져 불 일이랑가?"

"복장만 터지냐. 다 까부숴도 분이 안 풀릴 억울한 일이재. 그나저나 준영이 연락 왔재?"

판구 형은 툴툴거리다 말고 준영이 형 이야기로 화제를 돌렸다.

"쩌저번 주에 왔다 안 갔는가. 성도 만났음서."

"참, 글채. 알았고, 난 갈랑께 느그들 혹시라도 읍내 나가지 마라잉. 잘못하믄 험한 꼴 당한께."

"우리야 머 갈 일도 없지만도, 성이 좀 이상한 거 아능가?"

"지금 안 이상하믄 그거이 이상한 거여. 부릉부릉, 빠앙! 에잇! 이놈의 똥차, 확 던재 불라."

판구 형은 자기 입 자동차에까지 신경질을 부렸다. 이상해도 너무 이상했다. 우리는 저만치 뛰어가는 판구 형 뒤통수에 대고 잘 가라는 인사만 했다.

"그러소. 잘 가소, 성."

광주에서는 시위가 좀처럼 수그러들지 않았다. 날이 갈수록 과격해진다고 했고, 대학생에서 일반 시민까지 가세하는 등 시위 군중도 자꾸만 늘어난다고 했다. 나중에는 어린 중고등학생들까지 참가했다고 했다. 한마디로 광주 사람들 모두가 시위에 나섰다는 것이다.

그런데 우리는 몰랐다.

왜 광주 사람들이 모두 시위에 가담했는지, 왜 대학생들의 시위가 일반 시민에게까지 번지고, 또 중고등학생들마저 가담해야 했는지를.

알려고 해도 알 수가 없었다. 광주라는 도시는 계엄군이 시 외곽을 봉쇄하면서 전화와 전기까지 끊어 버렸기 때문이다. 촌에 사는 우리는 그런 사실조차 전혀 몰랐다.

우리 가족도 걱정이 커져만 갔다. 아버지가 준영이 형 학교로, 자취방 주인집으로 몇 번이나 전화를 걸어 봤지만 계속 불통이었다.

그러자 아버지는 불안해서 도저히 안 되겠다며 광주로 올라갔다. 그날이 5월 21일, 석가 탄신일이었다. 그러나 준영이 형을 찾겠다고 광주에 간 아버지마저도 그 후로 연락이 끊겼다. 아버지가 먼저 연락해 오지 않는 한 우리가 연락할 방법은 없었다.

하루가 지나고, 이틀이 지나고, 내 생일이 지나도 아버지는 돌아오지 않았다. 내 생일은 그렇게 잊혔고, 내 열세 번째 생일에는 미역국도 없었다.

15
이해할 수 없는 죽음

눈물이 난다. 어떻게 이런 일이 일어날 수 있는 건지. 어떻게 이런 말도 안 되는 억울한 일을 당하고도 억울하다 말 못하고 꾹꾹 참아야 하는 건지. 그리고 열세 살의 나더러 어떻게 감당하라는 건지. 이런 세상에서 대통령이 꿈인 나는 비통함에 가슴 치는 일부터 배우고 말았다.

아버지가 돌아온 건 일주일이 지나서였다. 혼자 돌아온 아버지는 행색이 말이 아니었다. 마치 유령이 우리 집 마당으로 들어선 것 같았다. 순화와 나는 그런 아버지를 보고 무서워서 뒷걸음질을 쳤다. 분명 아버지인데 아버지가 아니었다. 덥수룩한 수염에 광대뼈만 툭 튀어나오고 눈은 보이지 않을 만큼 깊었다. 정장 차림의 옷도 꼬깃꼬깃 구겨지고 덕지덕지 검은 얼룩이 져 있었다.

"끄으, 끄."

아버지는 말도 잘 못하고 잘 걷지도 못했다. 우리는 혼백이
빠져 버린 그림자 같은 아버지가 무섭기만 했다.

"준영 아부지!"

아버지를 알아본 건 엄마였다. 엄마가 손을 내밀자, 아버지
는 두 팔을 뻗다 말고 푹 주저앉았다.

"아이고, 준영 아부지! 이거이 먼 일이다요. 정신 쪼까 차리
씨요."

엄마는 눈물을 쏟으며 아버지를 부축했다. 순화와 나도 그
제야 꿈에서 깬 듯 정신을 차리고 아버지를 부축했다.

안방에 누운 아버지는 코끼리 숨 같은 숨을 푸욱푹 토해 냈
다. 아무 말도 못하고, 가족들 얼굴도 바라보지 못했다.

"준영 아부지, 우리 준영인요?"

엄마가 조심스럽게 말을 걸어도 아버지는 대답하지 않았다.
숨소리만 더 거칠어졌다.

"먼 일인디 그라요? 말씀 쪼까 해 보씨요?"

"끄으으……."

아버지가 간신히 입을 열었지만, 아무도 알아들을 수 없는
신음만 나왔다.

"아이고, 참말로 왜 그런다요? 아이고, 준영 아부지!"

엄마는 끝내 아버지 가슴에 얼굴을 대고 울음을 터뜨렸다.
그래도 아버지는 전혀 꼼짝을 않고 초점 잃은 눈동자로 벽만

뚫어져라 바라보았다. 그러다 다시 '끄으으' 소리를 내더니 아주 힘겹게 말을 꺼냈다.

"끄으으, 주녕이 주거서. 총 마저서."

시간이 멈춘 듯했다. 살아 있는 모든 생명체의 움직임도 그대로 정지되었다. 엄마도 순화도 나도 아버지 말을 알아듣지 못했다. 몹시 불길한 말이고 불안한 말이라는 걸 느낌으로만 알았을 뿐, 아버지가 지금 대체 무슨 말을 하는 건지 이해할 수 없었다.

"시방 먼 소리다요? 준영이가 어쨌다는 말이다요?"

"으으으, 주거서 주녕이. 총 마저 주거서."

아버지의 말이 조금 더 분명해지자, 우리는 그 뜻을 어렴풋이 알아들었다.

나는 감정이 북받쳐 목이 콱 메었다. 엄마는 방바닥을 치며 목메어 울었다.

"아이고, 준영 아부지! 그거이 먼 소리다요? 아이고, 내 새끼 준영아!"

눈물이 왈칵 쏟아졌다.

준영이 형은 시위대에 가담했고, 계엄군이 쏜 총에 맞아 죽고 말았다. 큰사람이 되겠다고 광주로 유학 간 준영이 형은 자기 꿈에 다가가 보지도 못한 채, 나라를 지켜야 할 군인들의 총에 죽고 말았다. 똑똑한 준영이 형이 왜 그랬는지, 왜 시위대에 가담했는지, 나는 알지도 못했고 이해할 수도 없었다.

"서영, 왜 그랬어. 왜 바보짓을 했냐고!"

자꾸 눈물만 나왔다.

그때 광주에서 준영이 형처럼 시위에 가담했다가 어린 나이에 죽은 학생들은 그 수를 헤아리지 못할 만큼 많았다. 아버지는 처참하게 죽은 준영이 형의 주검을 보고 그 앞에서 길길이 날뛰다가 정신 나간 사람이 다 되어 돌아온 것이다.

준영이 형은 다른 형, 누나들과 함께 광주 변두리 야산에 묻혔다고 했다.

16
빼앗긴 오월

마을 사람들이 우리 집으로 몰려왔다. 다들 준영이 형의 죽음을 안타까워하고 슬퍼했다.

하지만 그때 잠시뿐이었다. 언론에서 빨갱이들이 선동한 폭도라고 떠들어 대는 통에 자기들한테 피해라도 갈까 봐 마을 사람들이 발길을 끊었다. 마을 사람들의 발길이 끊긴 우리 집은 외딴 섬이나 마찬가지였다.

아버지와 엄마는 몸져누워 시름시름 앓았고, 순화와 나도 옴짝달싹하지 않았다. 학교에도 가지 않았다.

원광이와 봉호, 주미가 몇 번 찾아왔지만 집으로는 들어오지 못했다. 우리 가족 누구도 대꾸하거나 내다보지 않았기 때문이다.

판구 형은 마당까지 들어와 준영이 형을 목 놓아 부르면서 한참을 울다가 돌아가곤 했다. 그때는 우리 집 전체가 울음바다가 되었다.

판구 형은 이제 입으로 자동차 소리도 내지 않았고, 뛰어다니지도 않았다.

나는 밤이면 뒷산에 올라 악을 쓰며 혼자 울었다. 그렇게라도 하지 않으면 내 속에 맺힌 응어리가 터져 버릴 것만 같았다.

"서엉! 이게 뭐야? 말 잔 해 보라고. 왜 그랬어? 우리는 어칙하라고 그랬냐고. 아악! 대답 잔 해 봐."

그래 봤자 달라지는 건 하나도 없었다. 거대한 바위처럼 버티고 있는 것은 절망뿐이었다. 그런데도 나는 마술에 걸린 것처럼 밤마다 뒷산에 올라 악을 쓰며 울었다.

어느 때는 그런 내가 무섭고 싫었다. 그래서 밤새 고심하다 새벽어둠이 걷히기 전에 집을 나섰다.

어디로든 떠날 생각이었고 어떤 식으로든 우리 가족이 살 수 있는 방법을 찾고 싶었다. 그런데 자꾸만 뒤가 돌아봐졌다.

아주 떠나는 것도 아닌데 남아 있는 가족들이 눈에 밟혔다. 그럴수록 나는 발걸음을 재게 놀렸다. 그래야 내 결심이 무너지지 않을 것 같았다.

원광이 집을 지나 마을 어귀에 다다랐다. 돼지를 지키던 대밭 아래 공터에 이르자 스르르 기운이 빠졌다.

그때, 어둠 저편에서 뭐가 움직였다. 나는 너무 놀라서 멈칫

했다.

괴물인지 귀신인지 분간이 안 되는 그 물체가 무어라고 중얼거렸다.

"가지 말그라."

나는 머리끝이 쭈뼛거렸다.

"……!"

"가지 말래두."

"아, 아부지?"

방 안에서 꼼짝을 않던 아버지가 거기에 있었다.

"일루 와 앉거라."

맨땅이었다.

아버지는 맨땅에 앉아 안주도 없이 술을 마시고 있었다. 나는 아버지 옆에 앉으며 물었다.

"술은 왜요?"

"이거라도 안 마시면 안 될 것 같어서 느그들하고 한 약속을 깨 불고 말었다."

아버지가 말끝을 흐렸다.

"빈속인디요."

"걱정 말어. 느그들 얼굴 깎일 일은 안 할 팅께."

내 말은 그런 뜻이 아니었는데, 아버지는 그 상황에서도 약속 어긴 걸 미안해했다.

"아부지, 바닥이 찬디요."

"이이, 차긴 차다만 니가 있응께 참을 만허다. 근디 니가 가 불면 어칙하겄냐. 느그 엄마는 또 어칙하라고 못난 생각을 혀."

"그거는……."

나는 목이 메어 하려던 말을 잇지 못했다.

"애비는 인자 정신 차렸응께, 니도 딴생각 말그라. 산 사람은 살어야재."

"성이 너무 불쌍하잖애요."

눈물이 핑 돌았다.

"어쩔 것이냐. 그런 세상에 태어났는디. 지 혼자 살 것이라고 내뺀 것보다야 낫다고 생각허야재. 니도 낭중 되면 알겄재만 니 성은 폭도가 아닌께, 우리가 기죽을 일도 읎다. 진짜 폭도는 따로 있응께. 나쁜 놈덜. 어린것들 목심은 왜 뺏어가. 세상을 뺏어 갔으면 됐재."

아버지 눈에서 눈물이 주르륵 흘러내렸다.

나는 너무 가슴이 아파 아버지 품에 와락 안겼다.

"아부지!"

그 새벽, 내를 이루도록 흐르는 눈물을 나는 주체할 수가 없었다.

작가의 말

'꿈은 이루어진다!'

학창 시절부터 작가가 되겠다는 꿈을 꾸었는데, 그 꿈을 이제야 이뤘네요. 무척 기쁩니다.

그렇지만 이 글을 쓰는 동안 마음은 편치가 않았습니다. 35년이 훌쩍 지났는데도 그때의 상흔이 또렷이 남아 있기 때문입니다.

어제는 국립5·18민주묘지에 다녀왔습니다. 가벼운 마음으로 다녀와야지 했는데, 발걸음은 역시나 무거웠습니다.

그 당시 중학교 1학년이었던 최연소 안장자의 비문 앞에서는 같은 시대를 산 사람으로서 몹시 부끄러웠습니다.

꽃잎처럼 지는 것을 슬퍼하지 마.

지금은 우리가 헤어져 있지만.

좋은 세상 통일된 조국에서.

다시 만나리……

'지금 우리는, 아니 지금의 나는 어떻게 살아가고 있는가?' 하는 생각에 저절로 고개가 숙여졌습니다.

돌아오는 길에는 연분홍 꽃비가 아스팔트 위로 흩날렸습니다. 영글지 못한 망자들의 넋이 날리는 것만 같아 차를 한쪽으로 세워야 했지요.

이 이야기는 내 기억 속에 잠재되어 있던 소중한 추억들을 끄집어낸 것입니다.

1장부터 13장까지는 실제 제 가족사이며 14장부터 16장까지는 고등학교 1학년 때 만난 친구 형의 이야기입니다. 그래서 글을 쓰는 내내 조심스러웠고 글이 막힐 때마다 국립5·18 민주묘지를 찾았습니다. 바람이 있다면 민주화를 위해 희생당한 분들의 뜻을 잊지 않고 깊이 새겼으면 합니다.

이 글에서처럼 내 아버지는 자식 사랑이 대단한 분이었습니다. 그런데 이 글을 쓰는 동안 아버지는 병상에 계셨습니다. 그리고 함박눈이 엄청나게 쏟아지던 지난겨울에 세상을 떠났습니다. 살아생전에 '짝은놈'의 책을 꼭 바치고 싶었는데, 아버지의 복은 그마저도 없었나 봅니다.

아버지! 정말 고맙고 감사했습니다. 더는 아프지 말고 더는 힘들어하지 말고 좋은 곳에서 편히 쉬세요. 당신의 가르침대로 살아가도록 노력하겠습니다. 그리고 늦었지만 '짝은놈'의 책을 아버지 영전에 바칩니다.

이 글이 세상에 나오기까지 도와주신 분들이 참 많아요. 모두에게 감사의 마음을 전합니다.

소처럼 우직하게 글을 쓰라고 좋은 필명을 지어 준 김성윤 선생님, 그리고 작가의 길로 이끌어 준 김병하 작가. 항상 나의 벗이 되어 준 내 누이들. 힘들다 하면서도 매번 고추 모종을 낸 나의 어머니. 사랑하고 감사합니다.

무엇보다 내세울 것 하나 없는 무명작가의 글을 선뜻 출판해 준 사계절출판사 아동청소년문학팀 식구들에게 특별한 고마움을 전합니다.

꿈이 있다는 건, 참 행복한 일 아닐까요. 오늘따라 세상만사 마음먹기 달렸다는 말이 새삼 가슴에 와 닿네요.

철쭉꽃이 만발한 봄날,
장 우

빼앗긴 오월

2015년 5월 11일 1판 1쇄
2021년 5월 30일 1판 4쇄

지은이 장우

편집 김태희, 이혜재, 김민희 **디자인** 백창훈
제작 박홍기 **마케팅** 이병규, 양현범, 이장열

출력 블루엔 **인쇄** 한승문화사 **제책** 정문바인텍

펴낸이 강맑실
펴낸곳 (주)사계절출판사 **등록** 제406-2003-034호
주소 (우)413-120 경기도 파주시 회동길 252
전화 031)955-8588, 8558 **전송** 마케팅부 031)955-8595 편집부 031)955-8596
홈페이지 www.sakyejul.net **전자우편** literature@sakyejul.com
블로그 skjmail.blog.me **페이스북** facebook.com/sakyejul
인스타그램 instagram.com/sakyejul

ⓒ 장우 2015

ISBN 978-89-5828-858-9 44810
ISBN 978-89-5828-473-4 (세트)

이 도서의 국립중앙도서관 출판시도서목록(CIP)은 e-CIP 홈페이지(http://www.nl.go.kr/cip.php)에서
이용하실 수 있습니다.(CIP제어번호: CIP2015011776)